내가 제일 잘 나가는 재벌이다

봉황송 현대판타지 장편소설

내가 제일 잘나가는 재벌이다 5

초판 1쇄 발행 2024년 2월 20일

지은이 ㅣ 봉황송
발행인 ㅣ 최원영
편집장 ㅣ 이호준
편집디자인 ㅣ 한방울
영업 ㅣ 김민원 조은걸

펴낸곳 ㅣ ㈜ 디앤씨미디어
등록 ㅣ 2002년 4월 25일 제20-260호
주소 ㅣ 서울시 구로구 디지털로 26길 111 JnK디지털타워 503호
전화 ㅣ 02-333-2513(대표)
팩시밀리 ㅣ 02-333-2514
E-mail ㅣ papy_dnc@dncmedia.co.kr
블로그 ㅣ blog.naver.com/gnpdl7

ISBN 979-11-364-5215-3 04810
ISBN 979-11-364-4879-8 (SET)

※ 저자와 협의하여 인지는 붙이지 않습니다.
※ 이 책은 ㈜디앤씨미디어(파피루스)가 저작권자와의 계약에 따라 발행한 것으로 본사와 저자의 허락 없이는 어떠한 형태나 수단으로도 내용을 이용할 수 없습니다.

내가 제일 잘 나가는 재벌이다 5

봉황송 현대판타지 장편소설

제1장. 경축 ································ 7

제2장. 화성양행 ···························· 33

제3장. 헤드헌터 ···························· 59

제4장. 2차 차관 ···························· 85

제5장. 우선 협상 대상 기업 ············· 121

제6장. 시간 강사 문상진 ················· 159

제7장. 전무 문상진 ························ 183

제8장. 시찰 ································· 211

제9장. 판매점 선정 ························ 239

제10장. 에어스푼 ··························· 265

제11장. 쿠션 ································· 301

경축

〈경 'FDA 통과' 축〉

스카이 포레스트 정문에 FDA 심사 통과를 축하하는 플래카드가 걸렸다.

SK-NO.1 밀크를 비롯해 골든 이글, 프리덤, 오아시스도 간변 심사를 통과해 미국 수출의 길이 열렸다.

"축하합니다, 사장님."

"드디어 해내셨군요."

"사장님을 믿고 있었습니다."

FDA 심사 통과 인증 서류가 스카이 포레스트에 아침 일찍 도착했다.

통과 여부에 대해 많은 걱정을 하고 있던 직원들이 환

호성을 터트렸다.

"당연한 일입니다. 염려하지 말라고 했잖아요."

아홉 시 정각에 출근한 차준후는 원래부터 확신하고 있었기에 큰 감흥은 없었다.

서류만 완벽하게 준비하면 FDA 심사는 큰 문제가 아니다.

"FDA 심사 통과는 화장품 업계에서는 국내 최초입니다. 이제부터 뭘 하면 될까요?"

최우덕은 잔뜩 흥분한 표정이었다.

스카이 포레스트가 대한민국 최초로 FDA 심사를 통과한 건지도 몰랐다.

화장품 업계는 물론 대한민국 전체로 확장해도 충분히 업적이라 칭할 수 있다.

대한민국의 위상을 세계에 드높인 일이다.

대단한 업적을 이룩한 차준후와 함께한다는 사실이 너무나도 가슴 벅찼다.

"정식으로 미국 수출길이 열렸으니, 전 세계에서 스카이 포레스트의 화장품을 사용할 수 있도록 전력을 다해야 할 때입니다."

"아! 드디어 스카이 포레스트의 이름을 달고 수출하는 순간이 오는 거군요."

최우덕이 크게 감동했다.

차준후를 굳게 믿고 있었지만 미국 수출이 언제 이뤄질지 솔직히 가늠이 되지 않았다.

세계 일류의 기술을 가지고 있는 미국에 화장품을 수출한다는 것은 지고지난한 일이었다.

그 어려운 일을 차준후가 진짜로 저질러 버렸다.

"아직 갈 길은 조금 남았습니다만 단계를 밟아 나가면 미국에서 우리 화장품이 정식으로 팔리는 날을 목격할 수 있을 겁니다."

차준후에게는 세상을 놀라게 만들 화장품 개발보다 이런 과정이 더욱 어려웠다.

미국에 현지 법인이나 지사를 개설해야만 하는데 그 과정 모두가 숙제였다.

국내에서 화장품을 판매할 때도 좌충우돌해 가면서 일을 벌였다.

종교부터 문화까지 모든 게 다른 미국이니만큼 더욱 많은 어려움이 산재해 있을 가능성이 높았다.

* * *

국내 모든 신문이 대서특필했다.

미국에게 무상으로 원조를 받으며 가난하게 살아가고 있는 대한민국에 축하받아야 할 대단한 일이 생긴 것이다.

「스카이 포레스트, 미국 수출의 길을 열다!」
「미국 식품 의약국 FDA. SF-NO.1 밀크를 극찬하다.」
「대한민국 최초 화장품 해외 수출의 금자탑을 쌓는다!」
「차준후 사장의 꿈이 마침내 이루어지다!」

 상당수의 신문사에서는 발 빠르게 대처한다면서 호외로 뿌리기까지 했다.
 호외는 특별한 일이 있을 때 임시로 발행하는 신문이나 잡지를 의미한다.
 중요한 뉴스를 속보로 전하기 위하여 임시로 발행하는 인쇄물이기도 하다.
 한국 현대사에 커다란 사건이 벌어졌을 때 발행되어 왔고, 기자들 사이에서는 호외를 특종이라고도 한다.
 신문사들의 이런 호외 경쟁은 이승민 대통령 하야 이후 처음이었다.
 그만큼 신문사들이 이번 일을 한국 현대사에 큰 획을 그어 버린 일로 받아들이고 있다는 소리였다.
 "호외요. 스카이 포레스트에 대한 호외가 나왔어요."
 어린 신문 배달부가 신문뭉치를 옆구리에 끼고 길거리에서 외쳤다.
 "호외? 소년, 여기 한 부 줘."
 동료와 함께 걷고 있던 행인이 소년에게 신문을 받아들

였다.

"여기 있습니다."

호외를 받아 든 행인이 빠르게 읽어 나갔다.

"이야! 대단한 일을 해냈구나. 정말 장하다."

감탄을 터트리는 행인이었다.

"무슨 일인데?"

"스카이 포레스트 화장품의 미국 수출이 임박했다네. 미국 식품의약국이라는 대단한 기구의 심사를 국내 최초로 통과했다네."

"그게 대단한 일이야?"

"신문에서 인정하고 있잖아. 일례로 미국의 유명한 현지 업체들도 미국 식품 의약국의 심사를 통과하지 못하는 경우가 많다고 쓰여 있어."

"그 어려운 걸 국내 업체인 하늘숲이 해냈다는 말이잖아."

"그렇지. 나는 스카이 포레스트가 영어로 상호를 정한 것부터 마음에 들지 않았어. 만드는 화장품마다 꼬부랑 글씨라서 솔직한 심정으로 정이 가지 않더군."

"나도 화장품 이름을 말할 때마다 혀가 배배 꼬이는 느낌이었네."

이때까지만 해도 국민들은 차준후의 의도에 대해 제대로 알지 못했다.

경축 〈13〉

언론매체와 기술 등이 발달하지 못해 새로운 소식 등을 곧바로 대중에게 전달하는 것이 어려웠고, 신문 매체를 통해 짤막하게 알려지기는 했지만, 차준후의 복심을 모르는 국민이 더욱 많았다.

그 이유가 FDA 심사 통과로 확실하게 대한민국에 알려지게 됐다.

"애당초 국내가 아닌 해외 수출을 염두에 두고 있었나 봐. 국내에서 상호와 화장품 이름 때문에 불쾌감을 줄 걸 알면서도 통일감을 주기 위해 시행한 정책이라네."

"음! 해외 수출까지? 처음부터 의도했던 거라면 정말 대단한 천재구나."

"천재라는 사실을 인정할 수밖에 없겠어."

반발심을 부르던 회사 상호가 사람들에게 호감으로 바뀌는 순간이었고, 모든 걸 주도한 차준후는 사람들에게 천재로 각인됐다.

"엄마! 저도 커서 차준후 아저씨와 같은 사람이 되고 싶어요."

"넌 머리가 좋으니까 열심히 공부하면 차준후처럼 천재 과학자가 될 수 있을 거다."

"열심히 공부해서 돈 많이 벌래요. 그래서 먹고 싶은 거 마음껏 다 사고 싶어요."

엄마 손을 붙잡고 걸어가던 코흘리개 꼬마가 다부지게

이야기했다.

전국에 꼬마와 같은 아이들이 계속해서 늘어났다.

머리 비상하지!

돈 많지!

사업 성공했지!

기부 열심히 하지!

그들의 눈에 차준후는 결점을 찾아보기 힘든 완벽한 사람으로 비쳤다.

학교나 부모님들이 천재 과학자이면서 마음씨 고운 차준후를 본받으라고 자주 이야기했고, 결국 전국 꼬마들의 우상으로 급부상했다.

대한민국에서 스카이 포레스트의 신뢰는 날이 갈수록 높아졌다.

사람들의 신뢰는 스카이 포레스트를 이끌고 있는 천재 사장인 차준후에 대한 두터운 믿음에서 비롯됐다.

한국인들에게 차준후는 대한민국을 상징하는 선량한 천재 사업가로 인식됐다.

* * *

주한미군이 자리를 잡으면서 용산은 첫 번째 변화의 급물살에 휘둘리기 시작했다.

그리고 용산 후암동에 스카이 포레스트가 자리를 잡으면서 두 번째 변화가 더욱 급격하게 일어났다.

"용산 후암동에 가면 일거리가 널렸다더라."

"식당에서도 사람들을 많이 뽑는다고 하더라. 주방에서 일할 사람들과 배달부들을 급히 구한다고 했어."

"스카이 포레스트에서 배달을 대량으로 시키기 때문에 식당마다 배달부가 필수라고 했어."

용산으로 사람들이 몰려들었다.

스카이 포레스트가 자리를 잡고 난 뒤 용산의 인구가 5,811명이 폭발적으로 늘어났다.

이전에 매년 3,000명 정도 증가하던 것과 비교하면 폭발적이라 할 수 있다.

신규 인구의 상당수가 스카이 포레스트가 있는 후암동 일대를 중심으로 늘어났다. 일거리를 찾아서 밀물처럼 몰려왔다는 말이 딱 어울렸다.

비약적으로 발전을 거듭하고 있는 스카이 포레스트와 연관된 기업이나 상점들의 일거리가 폭발적으로 늘어났다.

당연히 일꾼들을 위한 서비스를 제공할 필요가 있으니 인구 증가는 자연스러운 현상이었다.

늘어난 인구만큼 후암동의 지역 경제도 활기를 띠었다.

스카이 포레스트의 직원들이 받는 월급은 대단히 높은 편이었고, 무엇보다 사장인 차준후가 사용하는 금액이 직원들 전체를 합친 것보다 많았다.

일반 직장인의 입장에서 보면 상상할 수 없는 어마어마한 금액이었다.

"차준후 사장이 용산 후암동 식당들을 먹여 살린다."

"후암동에 식당을 차리면 망할 일은 없어."

차준후의 식도락 취미와 직원들의 점심 식사 비용 지원으로 인해 용산 후암동에 신규 창업하는 상점들 가운데 음식점이 가장 많았다.

〈삼천 청국장〉

지방에서 용산으로 이전을 해 온 음식점으로 청국장을 구수하게 잘한다고 소문이 났다.

오랜만에 창업 초기를 함께 보낸 최우덕과 감홍식을 데리고 점심 식사를 하러 차준후가 청국장 가게를 방문했다.

"아이고! 차 사장님, 오셨군요. 조용한 별실로 안내해 드리겠습니다."

계산대에 앉아 있던 중년 여인이 차준후를 알아보고서 크게 반겼다.

"우리 사장님을 정말 반기시네요."

감홍식이 의아해했다.

"가게를 이전해 왔는데, 이야기를 들어 보니 제대로 장사하려면 차 사장님의 검증을 받아야만 한다고 하더라고요."

"무슨 소리인가요?"

밥 먹으러 왔다가 뜬금없는 말을 들은 차준후가 물었다.

"차 사장님이 방문하지 않는 집은 맛있는 음식점이 아니라는 꼬리표가 붙어요."

"네?"

"차 사장님 별명이 맛집 검증기잖아요."

후암동에서 장사하는 음식점 사장들에게 차준후는 천재보다 맛집 검증기로 더 유명하다.

차준후는 평소 주위 사람들로부터 맛있는 것만 골라서 먹는다는 소리를 많이 들었다.

비용을 따지지 않고 좋다는 걸 먹었고, 직원들에게도 먹는 거로 인색해하지 않았다.

화장품에서 사람들에게 큰 신뢰를 받고 있었는데, 음식과 요리에서도 사람들의 기준이 되었다.

차준후가 방문한 음식점들은 손님들로 미어터지고, 그렇지 않은 음식점들은 점점 손님들이 줄어들었다.

"아! 그래서 일부 음식점에서 간판 위에다 사장님이 방문했다는 플래카드를 걸어 두고 있는 거구나."

"나도 몇 군데 봤다."

음식점들이 차준후 방문 사실을 외부에 널리 알리면서, 맛집이라는 걸 홍보했다.

"저희 음식점에 사장님이 방문했다는 플래카드를 걸어도 될까요?"

"그렇게 하세요."

차준후가 시원하게 승낙했다.

정든 고향 지역을 떠나와 용산에서 새롭게 장사하려는 청국장 가게를 응원했다.

"감사합니다. 대신 식사 비용은 받지 않겠습니다."

"그럴 수는 없죠. 식사 비용은 청구하세요. 받지 않는다면 제가 여기서 밥을 먹기 어렵죠. 내 돈을 내고 먹어야 맛을 정확하게 평가할 수 있는 법입니다."

"아! 알겠습니다."

중년 여인이 차준후를 직접 별실로 안내했다.

팔팔 끓여서 나온 청국장을 먹어 보니, 직원들 말처럼 구수하면서 짜지 않는 맛이 인상적이었다.

"정갈한 밑반찬과 청국장 맛이 구수하네요."

"다음에도 방문하고 싶은 맛입니다."

"청국장에 밥 한 그릇을 말아 먹으니까, 아주 좋습니다."

메주콩이 딱딱하지 않고, 딱 먹기 좋을 정도로 부드러운 게 진국이었다.

세 사람이 식사를 하면서 이야기꽃을 피웠다.

"얼굴이 많이 좋아졌네요. 보기 좋습니다."

차준후가 감홍식의 얼굴을 보며 이야기했다.

"아침에 공복으로 출근하면 제일 먼저 하는 일이 어제 생산했던 우유 제품 전체와 오늘 생산할 제품들을 먹어보는 걸로 시작합니다. 대략 20개 정도의 우유를 시음하는 게 하루 일과의 시작입니다."

감홍식이 웃었다.

처음으로 우유를 잔뜩 먹은 날 설사를 지독하게 했던 경험이 떠올랐다.

경험담을 이야기하고도 싶었지만, 식사 자리였기에 참았다.

* * *

"이야! 나 역시 출근하면 생산한 제품들을 꼼꼼하게 검수하는 게 첫 일과야."

"제가 공장장님께 배웠잖아요. 윗사람이 가르쳐 준 대로 따라 하는 겁니다."

"요즘 우유 판매는 어떤가요?"

"점점 올라가는 추세입니다. 판매량이 지난달에 비해서 23% 성장했습니다."

"사람들이 우유의 좋은 점을 조금씩 알아가는 모양이군요."

"분명히 그런 점도 있습니다만, 사장님의 선견지명 덕분에 우유 판매가 늘어나고 있기도 합니다."

"제 선견지명이요?"

갑작스런 이야기에 차준후가 물었다.

SF우유에 대한 보고를 듣기는 하지만 사업적인 부분에 직접적인 참여를 하지 않는다.

"사장님께서 유리병을 두껍게 만들라고 하셨잖아요."

"유리가 비싸니 재활용할 생각이었으니까요."

차준후가 유리 공장에 우유병을 아주 튼튼하게 만들라고 지시했다.

유리병을 매번 새로 만드는 것보다 재활용하는 편이 유리했으니까.

10회 정도의 재사용을 목표로 유리병을 애초부터 튼튼하게 잘 만들었다.

"의도와 달리 유리병들이 공장으로 거의 들어오고 있지 않습니다. 집이나 공장에서 물병으로 사용하고 있다고 합니다."

살짝 오목하게 들어가서 손으로 잡기 편한 SF우유병은

무척이나 실용적이었다.

유리병을 구매하려면 못해도 10환 정도를 줘야 하는데, SF우유를 구매하면 유리병을 공짜로 획득할 수 있다.

시중에서 돈 주고 살 수 있는 유리병에 비해서 SF우유병은 품질이 더욱 뛰어났다.

저렴하면서 품질 좋은 우유병 안에 우유까지 꽉 차 있으니, 한국 아줌마들이 병을 얻기 위해 우유를 구매하기 시작했다.

"우유병 회수율이 10%가 채 못 됩니다. 특히 1.5리터 우유병은 회수율이 3%에도 미치지 못하는 실정입니다."

물병으로 탁월하다는 입소문이 나면서 우유병은 전혀 회수되지 않았다.

가정에서 보리차를 끓여서 집어넣고, 약수터에서 물을 떠 오는 용기로도 사용하고, 논밭에 새참을 가지고 갈 때 물병으로 사용하는 등 다양한 곳에서 알차게 활용됐다.

활용 가치가 높은 SF유리병을 일반 가정집에서 쉽게 볼 수 있게 됐다.

'델만트 주스 병을 고려해서 만들었더니, 이런 일이 생기는구나.'

차준후는 뇌리에 있던 익숙한 형태를 우유병으로 삼았다.

그리고 보니 옛날 감성의 드라마인 '대답하라! 1977'을 보면 가정집들에 델만트 유리병을 물병으로 사용하고는 했다.

1960년대 가정집 물병의 자리를 SF우유병이 빠른 속도로 잠식해 들어갔다.

배보다 배꼽이 먼저라고 할까?

우유병이 우유의 대중화를 앞장서고 있으니, 어쨌든 좋은 일이었다.

"판매가 늘어나고 있는데, 우유 생산량은 괜찮나요?"

"초창기에는 젖소들의 우유 생산량이 하루 15리터에 불과했습니다. 목장에서 안정을 되찾은 지금은 24리터까지 올랐습니다. 덴마크 전문가 말로는 최고 32리터까지 생산이 가능하다고 합니다. 노력해서 덴마크 수준까지 끌어올리도록 해 보겠습니다."

"생산량을 끌어올리는 비결은 젖소의 불편을 최소화하는 데에 있어요."

"젖소의 건강과 생활 환경을 최적의 상태로 유지하라고, 덴마크 기술자도 그러더군요."

젖소의 생활이 원유 생산량과 밀접한 관계를 가지고 있었다.

"목장에 클래식 음악을 틀어 주면 원유 생산량에 좋은 영향을 줄 겁니다."

"클래식 음악이요?"

처음 듣는 이야기에 감홍식의 눈이 커졌다.

"클래식 음악은 젖소들에게 심리적, 정서적, 신체적으로 좋은 자극을 주게 됩니다. 목장 젖소들에게 좋은 환경을 만들어 주는 것이죠. 음악 요법이라고 하는데, 생산량이 확실하게 늘어날 겁니다."

미래의 목장들에서는 생산량 증대를 위해 젖소들에게 음악을 틀어 주고는 한다.

음악을 듣는 젖소들의 생산량은 다른 곳의 젖소들보다 높았다.

"복귀하면 바로 조치하겠습니다."

열과 성을 다해서 받들겠다는 감홍식의 표정이었다.

모시고 있는 차준후에 대한 그의 신뢰는 날이 갈수록 높아졌다.

"아! 사장님, 화성양행이 난리 났다는 이야기 들으셨습니까?"

"화성양행이면 우리와 화장품 원료를 거래하는 무역회사 아닙니까? 거기에 무슨 일 생겼나요?"

"회사 문을 닫을 수도 있는 아주 큰일이 생겼습니다."

갑작스런 이야기에 차준후가 최우덕을 쳐다봤다.

공장장이라면 주된 납품 거래처의 상황을 알아야만 하니까.

"금시초문입니다."

최우덕은 이번 사태에 들은 이야기가 없었다.

화성양행은 홍콩과 일본 등지에서 향료나 화장품 원료를 수입하는 무역 회사이다.

스카이 포레스트는 화성양행으로부터 주기적인 납품을 받고 있었고, 화성양행은 정기적인 납품을 통해 꾸준한 이득을 얻었다.

스카이 포레스트 창업 초기부터 이어진 인연이기도 했다.

"화성양행 사장님께서 제게 오늘 아침에 직접 연락을 주셔서 알게 된 이야기입니다. 답답한 마음에 도움을 받을 수 있는지 전화를 주신 거지요."

"잘나가던 화성양행이 왜 갑자기 무너진다는 겁니까? 무슨 문제라도 생겼나요?"

차준후는 의아했다.

승승장구하는 스카이 포레스트의 주문량은 계속 늘어나고 있었고, 덩달아 화성양행도 한창 잘나간다고 들었다.

"해외업체에 무역 사기를 당했다고 들었습니다."

"사기요?"

"20% 저렴한 가격에 나온 화학 원료를 덜컥 구매한다고 신용장을 개설하지 않고 해외업체 계좌에 직접 송금했다가 당한 모양입니다."

"절차를 지키지 않고 꿀꺽 이익을 삼키려고 했다가 문제가 발생한 거군요."

차준후가 화성양행의 문제와 원인을 파악해 냈다.

"선적 확인 서류를 받은 후에 송금을 완료했으나 수출 기업과 연락이 두절됐다고 합니다."

"선적은 없었겠죠?"

"제품을 실었다는 상선 관련 서류도 위조된 것이고, 계약을 추진하면서 받았던 서류에 기재된 수출 기업도 전부 가짜였다고 합니다."

"철저하게 계획된 무역 사기로군요. 너무 유리한 조건이라면, 사기를 의심하고 조심했어야 하는데, 탐욕이 눈을 가린 겁니다."

대부분의 무역 사기는 서두르다가 당한다.

신용장이 도착하지 않은 상태에서 생산을 착수하거나 거짓 선적 확인서와 해외 거래 기업의 말만 믿고 송금했다가 크게 낭패를 당하게 된다.

큰 이익을 보겠다고 황급히 달려들었다가 사기꾼의 덫에 빠져든 것이었다.

신용장을 받았거나 확인 과정을 거쳤다면 사기를 당하지 않았으리라!

"삼 년 이상 거래를 이어 왔던 업체여서 믿었다고 합니다."

"아는 사이일수록 더욱 철저하게 해야지요. 어설프게 움직였다가는 뒤통수 맞기 딱 좋은 세상입니다."

"사장님 말씀이 옳습니다. 피해를 입은 사람만 억울할 뿐이지요. 얼마나 답답하면 저한테까지 전화를 해 왔겠습니까? 견실한 업체이고, 직원들 모두 무역 업무에 종사한 경력이 길어서 능력도 출중한데, 그들 모두 졸지에 길바닥에 나앉게 생겼습니다."

감홍식은 너무 안타까웠다.

동병상련.

얼마 전까지만 해도 전 직장에서 잘려 날품팔이를 하면서 근근이 먹고 살아야만 했다.

그때만 생각하면 아직도 아찔했다.

"피해액이 엄청난 모양이지?"

"회사의 자금뿐만 아니라 은행 대출에 주변 지인들 돈까지 끌어모아 송금했다고 하더라고요. 사기꾼 놈들을 잡으려고 백방으로 노력한다고 하지만 해외에 있는 놈들이라 쉽지 않겠죠."

"잡는다고 해도 돈을 돌려받는다는 보장이 없잖아. 화성양행의 불행은 안타깝지만, 우리도 납품 거래처를 바꿔야겠네. 원료 수급에 차질을 빚으면 안 되잖아."

"알아보셔야 할 겁니다. 회사 여유 자금이 완전히 말라 수입대금을 지불할 수 없으니, 지금 화성양행은 완전히 멈췄다고 봐야 합니다."

 욕심만 내지 않았으면 화성양행은 스카이 포레스트의 주문량에 힘입어 나날이 성장해 나갔으리라!

 성공이 목전에 있었는데, 화성양행의 손봉모 사장은 불운에 발목을 잡혔다.

 그러나 그 불운은 스스로 자초한 측면이 많았다.

 사기로 거액을 잃어버린 화성양행은 그야말로 바람 앞의 등불 신세로 전락했다.

 많은 시간과 사람들의 노력, 자금을 들여 만든 화성양행이 무너지기 일보 직전이었다.

 "음! 화성양행이 어디에 있나요?"

 곰곰이 생각하고 있던 차준후가 물었다.

 "영등포 쪽에 있는데, 도와주시려는 겁니까?"

 감홍식이 반겼다.

 "화성양행에서는 어떻게 생각할지 모르겠는데, 도움의 일종이기는 하겠죠."

 "무슨 말씀이신지 모르겠습니다."

 "화성양행을 통째로 인수하려고 합니다."

 차준후는 화성양행 인수를 통해 단번에 해외무역부를 신설할 생각이었다.

 미국 방송국의 보도로 인해 차준후가 원래 계획했던 일정보다 급박해졌다.

지금도 계속해서 미국의 무역상이나 무역 회사에서 SF-NO.1 밀크를 구하고 싶다는 주문들이 날아왔다.

심지어 스카이 포레스트 회사까지 사람들이 찾아오기까지 했다.

정중하게 모든 사람들을 돌려보냈다.

미국 방송국에서 방송을 보도하기 전이라면 무역 회사의 제안을 받아들였을지도 몰랐다.

그러나 미국 현지에서 SF-NO.1 밀크의 유행이 시작되고 있는데, 무역 회사에 통째로 넘겨주기에는 너무 아까웠다.

단순한 해외 수출이 아닌 미국에 직영점을 개설하고, 유통업체와 계약을 맺기 위해서는 많은 걸 준비해야만 한다.

공부를 열심히 하고 있지만 차준후는 이런 부분에 있어서는 문외한이나 마찬가지였다.

직접 모든 걸 알아보기에는 부담감을 안고 있던 터라 무역에 대해 잘 아는 화성양행의 직원들로 해외무역부를 만들 생각이다.

"네?"

"어차피 무너질 기업, 인수해서 스카이 포레스트의 해외무역부로 만들면 양쪽 모두에게 좋을 것 같네요."

"화성양행 전부를 인수하실 생각이십니까?"

"그렇게 생각할 수도 있겠군요. 그런데 이번 사태의 책임자인 사장과 핵심 관계자들은 고용하지 않을 생각입니다."

"그러시는 이유가 있나요? 화성양행 사장님은 능력이 좋은 분이십니다. 무역업계에서 잔뼈가 굵어 아는 사람도 많고요. 함께하면 여러모로 도움을 받을 수도 있습니다."

감홍식은 가능하면 화성양행 사장인 손봉모를 직접적으로 도와줬으면 했다.

"탐욕에 눈이 멀었던 어리석은 사람은 다음에도 똑같은 잘못을 할 가능성이 높으니까요. 그런 사람에게 도움을 주는 건 다음에도 똑같은 잘못을 반복하라고 떠미는 것과도 같습니다."

차준후가 구제해 줄 수 있는 사람들에 대해 선을 분명하게 그었다.

단순히 실수였다면 기회를 다시 제공할 수 있다.

그러나 탐욕으로 인한 어리석음은 구제할 방도가 없다.

"아!"

감홍식이 안타까운 탄성을 흘렸다.

불행해진 사람에게 도움의 손길을 내밀지 못해 씁쓸한 건 차준후도 마찬가지였다.

"모든 사람을 도울 수는 없는 노릇이니까요."

차준후는 신뢰할 수 있는 사람을 돕고자 했다.

인간의 심성은 쉽게 바뀌는 게 아니니까.

그동안 직원으로 됨됨이가 반듯하고 성실하면서 열심히 노력하는 사람들을 채용했다.

화성양행 사장과 핵심 관계자들은 앞뒤 잴 것도 없이 품성에서 탈락이었다.

"밥 다 먹었으니, 사무실에 들렀다가 화성양행으로 가 봐야겠네요. 그만 일어납시다."

"식사 맛있게 하셨어요."

"잘 먹었습니다. 또 방문하겠습니다."

"감사합니다."

식사 비용을 지불한 차준후가 일행과 함께 식당 밖으로 나올 때였다.

"안녕하세요, 사장님. 제가 후암동에 식당을 창업하려고 하는데 걱정이 있습니다."

갑작스럽게 접근한 중년 남자가 식사를 하고 나오는 차준후에게 말을 걸어왔다.

"무슨 걱정인가요?"

간절한 표정의 사내를 본 차준후가 말을 받아줬다.

화성양행

"혹시라도 스카이 포레스트가 구내식당을 열 계획이 있는지 걱정되네요. 많은 돈을 들여 가면서 식당을 열었는데, 사장님 회사에 구내식당이 열리게 되면 망할 수도 있으니까요."

스카이 포레스트의 직원이 100명을 넘어섰고, 추가적으로 필요한 인원들을 모집하다 보니, 어느덧 150명을 넘어섰다.

대부분의 회사들이 직원의 수가 100명을 넘기면 구내식당을 운영했다.

그러나 이름만 들어도 알 만한 대기업을 제외하면 구내식당은 무척 열악한 수준이었다.

일식일찬!

심지어 밥과 딸랑 한 가지 반찬만 나오는 열악한 공장들도 많았는데, 그냥 허기만 때우라는 식이었다.

1960년대, 그저 먹기만 해도 고마워해야 하는 가난한 시기였다.

'식사하셨어요?'라는 인사말이 괜히 나온 게 아니다.

스카이 포레스트처럼 풍족하게 점심 식사를 해결해 주는 곳은 찾아보기 힘들었다.

근로자들이 스카이 포레스트의 다른 업체 대비 월등한 복지 혜택에 감탄할 수밖에 없는 이유였다.

인근 식당에게 있어 스카이 포레스트의 구내식당 개설 여부는 큰 관심거리였다.

봐라!

삼천 청국장 주인아주머니도 안 듣는 척하면서 커다란 관심을 기울이고 있었다.

"그런 걱정은 하지 않아도 됩니다. 구내식당 개설 계획은 없으니까요."

차준후가 시원하게 중년 남자의 걱정을 날려 버렸.

보통의 회사들은 구내식당을 열어서 직원들의 점심을 저렴하게 해결했고, 직원들에게 점심 식비를 내게 하는 곳도 있었다.

"왜 안 만드시는 겁니까?"

중년 남자는 여전히 걱정이 컸다.

전 재산을 끌어모으고도 모자라서 지인들의 돈까지 빌려야만 하는 처지였다.

차후에라도 스카이 포레스트에 구내식당이 열리면 그야말로 쫄딱 망할 수도 있었다.

"구내식당을 열면 아무래도 골라 먹는 재미가 없잖아요."

가장 큰 이유였다.

구내식당에서는 아무래도 획일적으로 밥과 반찬을 직원들에게 제공할 테니까.

뷔페를 차리면 되겠지만 구태여 그렇게 할 필요를 느끼지 못했다.

지역 경제 활성화 차원에서 그리고 자신의 식도락 취미를 겸해서 먹고 싶은 걸 돌아다니면서 골라 먹었다.

재미가 아주 쏠쏠했다.

그 재미를 직원들에게도 주고 싶었다.

"감사합니다, 사장님."

중년 남자가 고개 숙여 고마움을 표시했다.

확신을 가지게 됐고, 용산 후암동에 음식점을 창업하기로 마음먹었다.

새로운 식당이라니, 관심이 생긴 차준후가 물었다.

"무슨 음식점을 차리려고 합니까?"

"얇게 편 등심에 튀김옷 입히고 바삭하게 튀기는 경양식 돈가스집입니다. 양파를 주재료로 해서 끓인 스프를 함께 제공할 예정입니다."

"맛있겠네요. 돈가스에 치즈를 넣으면 더 맛있어질 겁니다."

"네?"

돈가스를 만들어 온 지 이십 년이 넘었지만 처음 들어보는 이야기였다.

"치즈 돈가스, 만들어 보세요. 그럼 무조건 한 번은 방문하겠습니다."

차준후가 이야기했다.

1960년대로 오니까 기존에 즐겨 먹던 음식들 가운데 일부는 먹지 못하고 있었다.

그 가운데 하나가 바로 치즈 돈가스였다.

마침 돈가스를 한다는 사내를 만났기에 치즈돈가스 만드는 걸 권유했다.

넓게 편 얇은 등심에 치즈를 넣기만 하면 되니까, 만드는 게 어렵지도 않았다.

집에서도 쉽게 할 수 있다.

가난하던 시절 너무 먹고 싶어서 음식 솜씨 없는 21세기의 임준후도 직접 만들어 먹은 적이 있었다.

마성의 치즈 돈가스!

생각하니까, 입맛 당기네.

먹을 때마다 치즈가 쭉쭉 늘어나는 재미도 있고, 고소

한 치즈가 사르르 녹아드는 맛은 더 환상적이다.

제대로 만들기만 하면 장사가 안 될 걱정은 할 필요 없다.

남녀노소 모두가 좋아하는 치즈 돈가스니까.

"치즈 돈가스, 한 번 해 보겠습니다."

맛집 검증기라 불리는 차준후의 방문을 확답받은 중년 사내가 의욕을 드러냈다.

차준후의 먹고 싶다는 이유 하나만으로 치즈 돈가스의 대유행이 대한민국에 일찍 시작되려 하고 있었다.

그 싹이 용산 후암동에서 이제 막 싹을 틔웠다.

"사장님, 치즈 돈가스가 뭡니까?"

공장을 향해 인도를 따라 걸어가는 와중에 감홍식이 물었다.

"말 그대로 치즈를 돈가스 안에다 집어넣는 겁니다. 따뜻할 때 먹으면 맛이 아주 환상적이죠. 먹어 보면 제가 왜 환상적이라고 말하는지 알게 될 겁니다."

"사장님은 평범한 돈가스에도 혁신을 불어넣으시네요."

"SF우유가 만들 치즈 판매에 도움이 되게 해 주셔서 감사합니다. 그렇지 않아도 판매되지 않고 남아도는 우유들로 분유와 치즈를 생산하려고 하고 있습니다."

감홍식이 감탄 어린 표정을 지었다.

치즈를 만들어도 판매하기 쉽지 않다고 생각하고 있었는데, 차준후의 도움으로 판로가 쉽게 개척됐다.

 맛이 환상적인 치즈 돈가스!

 치즈 판매에 크게 도움이 될 것만 같았다.

 차준후의 말 한마디, 행동 하나에도 큰 의미가 담겨 있었다.

 "새롭게 개업할 음식점에까지 영업하시다니, 정말 대단하십니다."

 최우덕이 최고라는 의미에서 차준후를 바라보며 엄지손가락을 치켜세웠다.

 정말 순수하게 먹고 싶어서 이야기했을 뿐인데, 어쩌다 보니 SF우유 사업과 연계가 되어 버렸다.

 잘나가는 남자는 뭘 해도 순조롭게 풀려 나가는 모양새였다.

 오늘도 좋은 방향으로 오해를 부르는 차준후였다.

 * * *

 엄청난 금액을 투자했다가 무역 사기를 당한 화성양행의 분위기는 무거웠다.

 "무급휴직이라며? 해고나 마찬가지잖아. 이제 어떻게 하냐?"

"사장님이 스스로 살길을 찾아보라고 하셨어."

"일단 나는 살아남기는 했는데, 앞으로 어떻게 될지 모르겠다."

십여 명의 직원들은 출근을 하기는 했지만, 일이 손에 잡히지 않았다.

갑작스런 사태로 인해 직원들 절반을 무급휴직으로 돌린다는 공고가 나왔다.

손봉모가 사장실에서 잔뜩 인상을 쓰고 있었다.

머리가 잔뜩 헝클어져 있었으며, 어제 입었던 옷을 갈아입지 못해 잔뜩 흐트러져 있는 모양새다.

"하아!"

깊은 한숨이 절로 나왔다.

지인들을 찾아갔지만, 이미 소문이 돌았는지 도움을 기대할 수는 없었다.

오히려 빌려줬던 돈을 돌려 달라고 해서 곤욕을 치르고 돌아와야만 했다.

"형님, 경찰서에서도 방법이 없다고 합니다."

심도훈이 문을 벌컥 열고 안으로 들어섰다.

이번 부역 사기를 경찰서에 신고했지만, 경찰들도 사실상 뾰족한 수가 없던 실정이었다.

물에 빠져서 지푸라기 잡는 심정으로 경찰서에 달려갔지만, 소용이 없었다.

사장실 분위기가 더욱 나빠졌다.

"하아! 이번 위기를 어떻게든 넘겨야 할 텐데……."

"어떻게든 출로를 모색해야 합니다. 우리에게는 든든한 거래 상대인 스카이 포레스트가 있잖습니까. 버티기만 하면 살아남을 수 있습니다."

화성양행은 매달 상당한 이익을 올리고 있었다.

회사 이익의 상당 부분이 안정적인 거래처 스카이 포레스트에서 나왔다.

스카이 포레스트의 성장세는 무척 놀라웠고, 화성양행은 호랑이 등에 올라탄 것처럼 함께 성장하고 있었다.

"지금 회사의 자금이 완전히 바닥이다. 스카이 포레스트에 원료를 주려면 사채라도 빌려 와야 해."

회사의 자금 사정은 이미 바닥이었고, 이대로 가면 화성양행은 문을 닫아야만 하는 처지였다.

사채시장의 높은 고금리는 월 1할에 달한다.

사채를 빌린다는 건 소위 목숨을 내건 도박이었다.

"그렇게 해서라도 버텨야죠. 버티다 보면 언젠가 기회가 다시금 찾아올 겁니다. 우선은 스카이 포레스트와의 거래에만 집중합시다."

심도훈은 언젠가 다시 화성양행을 폭발시킬 날이 올 것이라고 믿었다.

"영등포 박 영감이 언제든 돈을 빌리러 오라고 했는데,

찾아가 봐야겠어."

손봉모는 아직 자신의 사업운이 끝나지 않았다고 여겼다.

"잘 생각하셨습니다."

말과는 달리 심도훈의 표정이 어두웠다.

어렵고 힘든 가시밭길이 앞에 도사리고 있다는 걸 알고 있었기 때문이다.

"맨정신으로는 버티기 힘들군. 소주 있나?"

"어제 사다 놓은 소주가 남아 있습니다."

"미쳐 버리기 전에 한잔하자."

자리에서 일어난 심도훈이 밖에 나가 소주와 잔을 가지고 돌아왔다.

두 사람이 사장실에서 안주도 없이 소주를 마시기 시작했다.

술로 어렵고 힘든 현실을 잊어버리려고 했지만, 오히려 더욱 분위기가 가라앉았다.

"사장님과 전무님이 소주를 먹고 있어."

"하아! 분위기가 심상치 않아."

"화성양행을 세운 주축이 바로 저 두 사람이잖아. 회사가 망하려고 하니까, 속이 타들어 가는 거겠지."

"아! 이렇게 분위기가 안 좋을수록, 어떻게든 출구를 찾으려고 노력해야잖아."

"방법이 없으니까, 술만 퍼마시는 거겠지."
"진짜 큰일이다. 요즘 실업률이 높아서 취직하기 너무 어려운데……."
회사 분위기가 더욱 암울해진 가운데 직원들의 얼굴에 짙은 먹구름이 드리워졌다.
그때였다.
문이 열리며 감홍식과 차준후가 들어섰다.
"어! 감홍식 실장님. 여기는 어쩐 일이세요?"
문 열리는 소리에 힐끔 돌아본 직원의 눈이 커졌다.
스카이 포레스트 영업사원으로 있다가 SF우유의 실장으로 영전한 감홍식이었다.
SF우유로 간 뒤에는 단 한 번도 보지 못했던 사람이 갑작스럽게 나타났다.
"사장님을 뵈러 왔습니다. 안에 계시죠?"
"사장실에 심 전무와 함께 있습니다. 그런데 같이 오신 분은 누구신가요?"
"아! 제가 모시고 있는 차준후 사장님입니다."
사람들의 시선이 일제히 차준후에게 쏠렸다.
"저분이 바로 소문의 천재 사장님이구나."
"우와! 뵙게 돼서 정말 영광입니다."
"당장 사장님께 보고드리겠습니다."
직원들의 떠들어 대는 소리로 인해 실내가 시끄러워졌다.

스카이 포레스트와 거래를 해 오고 있지만 직원들 가운데 그 누구도 차준후를 만난 적이 없었다.

"왜 이리 시끄러워. 심란하니까, 조용히 해."

소주를 마신 탓에 얼굴이 불콰해져 있는 심도훈이 사장실 문을 열면서 다짜고짜 소리쳤다.

"전무님, 스카이 포레스트에서 차준후 사장님과 감홍식 실장님이 찾아오셨어요."

"뭐라고?"

화들짝 놀란 심도훈이 두 사람을 쳐다봤다.

잠깐 동안 얼어붙어 있던 그가 황급히 밖으로 뛰쳐나왔고, 손봉모도 따라붙었다.

"처음 뵙겠습니다. 화성양행의 손봉모라고 합니다."

"스카이 포레스트의 차준후입니다. 회사가 어려워졌다기에 드릴 말씀이 있어서 찾아왔습니다."

차준후의 말에 불콰해져 있던 손봉모의 얼굴에 기대감이 떠올랐다.

'주요 거래처이니까, 도움의 손길을 내밀기 위해 차준후 사장이 직접 온 거구나.'

아침에 감홍식에게 전화로 회사 사정을 알리고 도와 달라고 했던 이야기가 생각났다.

"여기서 이러지 말고 안으로 들어가서 말을 나누시지요."

"그러죠."

차준후가 안내받아 사장실로 들어갔다.

술 냄새가 진하게 풍기는 사장실의 테이블 위에는 소주병들이 잔뜩 널브러져 있었다.

'무역 사기를 당했다고 해도 근무 시간 내에 사장실에서 술을 퍼먹는 건 아니지.'

차준후가 눈살을 찌푸렸다.

사장으로 지내 오면서 많은 걸 느꼈기에, 이런 술자리를 용서할 수 없었다.

* * *

"험! 심 전무가 술이나 한잔하자고 해서. 뭐 하고 있나? 빨리 치우게나."

"알겠습니다."

심도훈이 테이블 위에 소주병과 술잔을 황급히 치워 버렸다.

"화성양행을 도와주려 오신 겁니까?"

지레짐작해서 김칫국을 퍼마신 손봉모의 얼굴이 잔뜩 상기됐다.

엄청난 돈을 벌어들이는 차준후의 도움을 받는 순간 휘청거리던 화성양행은 다시금 우뚝 설 수 있었다.

심도훈 역시 잔뜩 기대하고 있는 표정이었다.

"그건 아니고요."

차준후가 선을 그었다.

애당초 도울 마음이 없기도 했지만, 사장실의 술자리를 본 순간 효율적으로 대처하는 편이 좋다고 생각했다.

선입견일 수도 있겠지만 품성과 사업적인 면에서 부족한 점이 많아 보였다.

"그렇다면 왜 오셨는지요?"

"화성양행을 통째로 인수하려고 왔습니다. 몇몇을 제외한 직원들을 스카이 포레스트 해외무역부로 모시려고 합니다."

차준후는 돈을 사용해서 단번에 해외무역부를 단번에 완성시킬 심산이었다.

해외무역에 익숙한 화성양행을 통째로 사들이면 해외무역부 신설이 곧바로 해결된다.

"네?"

손봉모가 입을 떡 벌렸다.

어느 사장이 회사에 해외무역부를 만들겠다고 화성양행을 인수해?

이걸 인수라고 말할 수 있나?

마치 시장에서 물건을 사는 것 같은 가벼운 제안을 차준후가 하고 있었다.

역시 평범한 사람이 아니었다.

"관심이 없으십니까? 적당한 비용은 지불할 생각이 있습니다."

차준후는 빠른 진행을 원하고 있었다.

손봉모가 싫다고 하면 작별 인사를 하고 다른 무역상사를 찾아갈 생각이었다.

"아직 우리 회사, 망하지 않았습니다. 다시 일어설 수 있습니다."

"그래요? 여기저기 돈을 빌려서 갚기도 어렵다고 하던데, 제가 알아본 것과는 다르네요."

"투자하겠다는 사람이 있습니다. 그러니 방금 전 제안은 못 들은 걸로 하겠습니다."

망해 가는 화성양행에 투자한다고?

돈을 땅바닥에 버리는 게 아니라면 투자할 만한 가치가 있어야 하는데.

'화성양행에 남아 있는 가치가 있다면 그건 스카이 포레스트와의 거래겠지.'

현실적이면서 논리적인 차준후가 손봉모의 말을 따져 봤다.

스카이 포레스트에 납품하면서 화성양행은 꾸준하면서도 높은 이익을 얻었다.

"음! 앞으로 화성양행과 스카이 포레스트의 거래는 지

금보다 줄어들 겁니다."

"네?"

"화성양행의 위기는 앞으로 계속될 가능성이 높다고 봅니다. 화성양행이 흔들릴 때마다 스카이 포레스트 역시 영향을 받을 수밖에 없는 구조이죠. 안타깝지만 화성양행과의 거래를 줄이도록 하겠습니다."

사장으로서 회사의 위험도를 낮출 수밖에 없었다.

아예 거래를 없앨 수도 있었지만, 창업 초기부터 이어진 인연이기에 배려해 줬다.

언제 떨어져 나가도 문제가 생기지 않을 정도로 비중을 축소할 계획이었다.

"제안을 받아들이지 않는다고 이렇게 나오시는 겁니까?"

손봉모가 분노를 토해 냈다.

화성양행 재건의 밑바탕에는 스카이 포레스트와의 거래가 존재해야만 한다.

거래가 축소되거나 사라진다면 사채를 빌린다고 해도 살아남을 수 없었다.

"아! 그렇게 오해할 수도 있겠군요. 하지만 이건 제안 승낙 여부와 관계없이 미리 결정한 사안입니다. 기울어져 가는 회사와 함께 사업을 해 나간다는 건 위험도가 너무 높습니다."

차준후가 묵직하게 말했다.

사장의 위치에서 서서히 몰락해 가는 화성양행과의 동반을 유지할 수는 없었다.

인간의 탐욕은 반복되기 마련이었고, 사장으로서 보낸 경험을 통해 스카이 포레스트에 일어날 위기를 예측할 수 있었다.

불 보듯 뻔한 위기를 그대로 맞이하는 건 어리석은 일이었다.

경영과 사업상의 흐름을 읽고 있는 차준후에게 사장으로서의 무게감이 나타났다.

"방문하기 전에 화성양행과의 거래가 화근이 될 수도 있다고 결론을 내렸습니다. 그래서 화성양행과의 거래는 차츰 줄이기로 했습니다. 방문 전 전화로 통보하려고 했는데, 통화 중이라서 먼저 달려왔습니다. 오해를 하게 만들어서 죄송합니다."

감홍식이 대화에 끼어들었다.

고래를 팩 돌린 손봉모가 날카로운 눈초리로 감홍식을 쳐다봤다.

핏줄이 곤두선 눈으로 바라보다가 다시금 차준후에게로 고개를 돌렸다.

"감정적으로 나선다고 해결될 일이 아닙니다. 반대로 생각해 보세요. 언제 망할지 모르는 기업과 누가 같이 사업을 하려고 하겠습니까?"

손봉모의 불쾌한 감정 섞인 시선을 차준후가 담담하게 마주 보며 말했다.

감성적일 때도 있지만 연구자인 차준후는 효율적인 면을 추구하는 경향이 있었다.

안타까운 결정으로 비치겠지만 무한 경쟁을 펼치는 자유시장에서 선택 하나를 잘못해서 망하는 회사들이 즐비했다.

자금 사정으로 휘청거리는 거래처 때문에 흔들리는 경우도 적지 않다.

스카이 포레스트가 최선의 대응을 펼치기 위해서는 여러 방면에서 신경을 써야 한다.

사업은 홀로 독야청청한다고 해서 성공하는 게 아니다.

"헐값에 회사를 인수하려는 수작으로 느껴집니다."

손봉모가 씹어뱉듯이 내뱉었다.

"상당수의 직원들을 해고했다고 들었습니다. 화성양행에 비용을 지불하지 않고 해고된 직원들을 고용할 수도 있습니다. 기존 거래처이기도 하고, 배려하려는 마음에 비용을 지불하고 고용을 승계하겠다고 통보하러 온 겁니다."

차준후가 방문 이유를 설명했다.

매정하게 화성양행과의 거래를 끊어 버릴 수도 있었다.

무역 사기를 당해서 망할 회사이지만 기존 거래처이기에 나름의 배려를 베풀었다.

"해고가 아닙니다. 무급휴직입니다."

손봉모가 몸을 부들부들 떨며 반발했다.

자신이 애지중지 키워 온 회사를 약탈하려는 것이 아닌가!

"말이 좋아 무급휴직이지, 직원들에게 희망 고문하는 거잖습니까?"

차준후가 말했다.

"……"

손봉모의 얼굴이 딱딱하게 굳어 버렸다.

희망으로 고문한다는 말이 비수처럼 가슴에 날아와서 꽂혔다.

그 자신도 잘 알았다.

스카이 포레스트와 거래가 줄어들면 해고는 기정사실이나 다름없었다.

"사장님, 좋은 기회일 수도 있으니 받아들이셔야 합니다."

심도훈 전무가 조언했다.

회사를 통째로 넘기라는 무리한 요구.

오랜 세월 노력해서 만든 회사가 사라지는 것이기도 하다.

하지만 어떻게든 이득을 남기는 게 무역상의 자질 아니겠는가.

사채를 빌려서 회사를 연명시키는 것보다 좋은 제안이라고 생각됐다.

스카이 포레스트 해외무역부에서 일한다는 건 장래가 확실하게 보장된다는 뜻이었다.

화성양행의 임원으로 있는 것보다 훨씬 더 좋을 수도 있었다.

그리고 무엇보다도 일단 살아남을 수 있다는 게 무엇보다 최고였다.

아니다 싶으면 스카이 포레스트 안에서 살아남았다가 차후에 기회를 봐서 다시 밖으로 나오면 된다.

"제안을 받아들이겠습니다."

잠시 침묵하던 손봉모가 진심이 1도 섞이지 않았지만 결국 승낙했다. 우선 위기를 넘긴 다음 스스로 살길을 찾아보자고 마음먹었다.

스카이 포레스트에 해외무역부라는 부서가 만들어지는 순간이기도 했다.

"제가 가면 권한은 어디까지 주실 수 있습니까?"

"우리 회사에 당신의 자리는 없습니다."

"네? 저를 속인 겁니까?"

"몇몇을 제외한다고 분명히 말했습니다. 이번 무역 사기와 관련된 핵심 관계자들은 고용할 생각이 없습니다."

"왜 이렇게 하는 겁니까? 화성양행에서 가장 전문적이

고 능력이 좋은 사람은 사장인 저와 저기에 있는 심 전무입니다."

손봉무의 목소리가 높아졌다.

그의 목소리가 무척 컸기에 아까부터 밖에 있는 직원들이 촉각을 곤두세운 채 듣고 있었다.

사장실 안에서 회사 인수에 대한 이야기가 오간다는 걸 알고 초미의 관심을 드러냈다.

"능력은 부차적인 문제입니다. 제가 가장 먼저 보는 건 사람의 품성입니다. 당신을 우리 회사에 고용할 이유가 없습니다. 전 이번 무역 사기를 심각하게 보고 있습니다. 탐욕으로 인해 절차를 지키지 않은 사람들은 책임을 져야 한다고 생각합니다."

"실수였을 뿐입니다."

"보는 시각에 따라 그럴 수 있겠지만, 사장님의 경우는 절대 실수가 아닙니다. 오히려 비난을 받아야 할 명백한 잘못입니다."

차준후가 냉철하게 대처했다.

탐욕에 빠져 저지른 기초적인 실수를 용서받으려면 부모님을 찾아가야지.

사회에서 만난 생판 남인 사람에게 이야기하면 어쩌라는 거야.

실수는 잘못된 거고, 잘못에 대해 분명하게 책임져야

한다고 매몰차게 알려 줄 수밖에.

스카이 포레스트에 고용하지 않겠다는 책임의 대가를 분명하게 보여 줬다.

"너무 과합니다. 이럴 수는 없는 법입니다."

"맞습니다. 저희가 신중하지 못한 잘못은 있는데, 잘해 보려고 한 거였습니다. 고용하지 않겠다는 대우는 부당합니다. 한 번만 봐주십시오. 해외무역부에 가서 열심히 일하겠습니다."

졸지에 해고 아닌 해고를 당한 것처럼 느끼고 있는 두 사람이 얼굴을 잔뜩 구겼다.

"제가 고용하려는 직원들 가운데 두 분은 없습니다."

차준후가 분명하면서도 단호하게 주지시켜 줬다.

철퇴를 두들겨 맞자, 애걸하던 두 사람의 눈길에 원망이 어린 건 순식간이었다.

"꼭 이렇게 하셔야만 합니까?"

으르렁거리는 손봉무는 상처받은 짐승과도 같았다.

이성적이지 않고 감정을 앞세운 사람의 심정을 차준후가 충분히 이해했다.

그러니 당신도 이성적인 내 선택을 존중해 줘야지.

이해를 못 하면 어쩔 수 없는 일이고.

"받아들이시기 싫으면 인수 제안을 무르셔도 됩니다."

사람을 고용하는 건 어디까지나 차준후의 몫이었다.

언제 터질지 모르는 폭탄처럼 위험한 사람을 고용해 가면서 속앓이할 필요는 없었다.

만약 이로 인해 화성양행 인수가 물거품이 된다면 가볍게 손을 털고 나가면 그만이었다.

약간 아깝기는 하지만 시간을 두고 다른 해외무역부 직원들을 모집하면 됐다.

"이제 할 말을 다 했는데, 회사 인수에 대한 답변을 들을 수 있을까요? 주인이 팔지 않겠다면 이만 일어날 겁니다."

길게 끌고 싶지 않은 차준후가 물었다.

기회는 한 번이다.

기회를 걷어차 버리겠다면 더 이상 할 말은 없다.

"……받아들이지 않으면 어차피 회사는 무너집니다. 넘기는 게 현명한 선택입니다."

이마에서 흘러내린 땀방울이 눈으로 흘러내려서 눈앞이 흐릿해졌다.

손봉무가 눈을 질끈 감았다.

짧은 침묵의 시간이 흘렀고, 고뇌하는 손봉무의 이마에는 깊은 고랑이 파였다.

"……오지 않았으면 했는데, 화성양행을 다른 사람에게 넘겨줄 때가 된 것 같군요. 제가 피땀을 흘려 가면서 일궈 낸 회사입니다. 앞으로 잘 부탁드립니다."

여기서 반발했다가는 망하는 지름길이라는 걸 알았기에 손봉무가 고통스럽지만 백기를 들었다.

망할 회사를 돈 받고 넘길 수 있었기에 손봉무로서도 손해는 아니었다.

얼마를 받을지는 몰라도 재기할 수 있는 기반은 되리라!

화성양행은 탐욕 어린 임원들로 인해 문제가 발생했지만 좋은 회사였다.

화성양행의 조직이 탄탄하게 꾸려져 있고, 해외와 긴밀하게 연결되어 있으며, 직원들의 업무 능력이 뛰어났기에 화장품 미국 수출에 큰 도움을 받을 수 있었다.

무형의 가치를 높이 평가했기에 차준후가 비용을 지불해 가며 인수하는 것이다.

헤드헌터

 "화성양행은 스카이 포레스트에 큰 활력을 불어넣어 주게 될 겁니다. 회사 인수 비용은 제 고문 변호사와 이야기하시면 됩니다."
 차준후가 복잡한 인수인계 과정을 김운보에게 떠넘겼다.
 이럴 때를 대비해서 많은 비용을 지불해 가면서 고문 변호사를 두고 있는 것이다.
 "이만 일어나 보겠습니다."
 "살펴 가십시오."
 차준후가 인사를 하고 사장실 밖으로 나왔다.
 잔뜩 구겨진 표정의 화성양행 직원들의 얼굴이 활짝 펴 있었다.
 "고맙습니다."

"감사합니다."

"열심히 일하겠습니다."

대한민국에서 가장 잘나간다는 스카이 포레스트의 해외무역부로 옮기게 된 직원들이 이제부터 모셔야 할 차준후에게 고개를 숙였다.

실업자로 나앉을 뻔한 직원들에게 절호의 기회가 찾아왔다.

"내일부터 출근하면 되겠지만 이 시간부로 스카이 포레스트의 직원이라고 생각하시면 됩니다. 아시는 분들이 있겠지만 스카이 포레스트의 화장품 대미 수출이 바로 코앞으로 다가왔습니다."

"잘 알고 있습니다."

"대미 수출을 위해 미국으로 건너가서 해야 할 계획을 구성해서 제출하십시오. 마음에 드는 계획을 제출한 분들은 이번 미국행에 함께 가실 수 있을 겁니다. 성과가 분명한 사람은 원할 경우, 미국 현지법인 업무를 맡을 수도 있습니다."

차준후가 충격적인 내용을 발표했다.

머릿속에 미국 진출의 뼈대는 세워 놓았지만, 해외무역부 직원들의 계획을 들어 보고 싶었다.

자신의 생각보다 뛰어난 계획이 있을지도 몰랐다.

만약 뛰어난 계획을 만들어 낸 인재가 있다면, 해외무

역부를 맡길 셈이기도 했다.

정통하지 않으면 하지 않는다!

현대 경영 이론으로 말하면 전문화이다.

전문적으로 알지 못하면 거들떠보지 않고, 오로지 잘 아는 분야에만 전념할 생각이다.

그래서 요즘 들어 1,000쪽이 넘는 전문 무역 서적 여러 권을 사장실에서 읽어 나갔다.

차준후의 이러한 원칙은 작은 이익을 탐하지 않고, 이익에 유혹당하지 않으면서 역사에 최대한 영향을 끼치지 않으려는 마음가짐에 잘 부합했다.

"사장님과 함께 몇 명이나 미국에 가는 겁니까?"

"미국행이라니! 이건 정말 대단한 일이잖아."

"대단히 매력적인 이야기다. 미국에서 생활하는 건 내 오랜 꿈이었어."

진취적인 정신을 가진 직원들이 모두 환호했다.

"능력우선주의인 스카이 포레스트에서 인원에 제한은 없습니다. 능력이 된다면 모든 직원들이 미국에 갈 수 있으며, 직급 역시 화성양행의 체제를 그대로 유지하지는 않을 겁니다. 자신의 위치는 오로지 능력에 달려 있다고 생각하세요."

국내에 직원이 필요하면 추가로 모집하면 된다.

능력 있는 사람들을 대우하겠다는 원칙은 절대 바뀌지

않는다.

직원들이 뜨거운 눈길로 차준후를 바라보았다.

"최고의 계획을 작성해서 내겠습니다."

"믿어 주신 만큼 가장 좋은 계획으로 보답하겠습니다."

"제 능력을 보여드리죠. 제가 차지할 테니까, 가장 좋은 위치를 남겨 두세요."

사람들이 열정을 드러냈다.

열심히 한다고 하지만 조직에 속해 있다 보니 매너리즘에 빠져 편하게 일하는 경향도 있었다.

그러나 이젠 그런 건 절대 사양이었다.

하는 만큼 제대로 대우해 주겠다는 차준후의 이야기가 있었으니까.

"이다일이라고 합니다. 사장님께 질문이 있습니다."

20대의 젊은 사내가 손을 번쩍 들어 올렸다.

카투사로 복무했지만, 군대에서 사고로 다쳐 의가사제대를 한 뒤 화성양행에 입사하여 근무했다.

영어에 능숙한 그는 평소 미국에서의 삶을 꿈꿔왔다.

스카이 포레스트 미국 현지 법인은 그의 꿈을 이룰 수 있는 절호의 기회였다.

"말해 보세요."

"혼자 해야 하나요? 아니면 마음이 맞는 다른 사람과 함께해도 되나요?"

"아무래도 상관없습니다. 조를 이뤄서 해도 좋습니다만 아무것도 하지 않고 이름만 올리는 무임승차는 허용하지 않습니다."

직장에서 일하다 보면 꼭 있게 마련이다.

다른 사람의 공로에 숟가락만 올려놓는 사람들을 차준 후는 용납할 생각이 없었다.

열심히 일하는 사람들이 억울하니까.

연구원으로 지낼 때 많이 당해 봤기에 대충 일하는 사람이 아니라 열심히 하는 자들이 대우받는 직장 문화를 조성했다.

"같이하자. 내가 현지 법인 위치와 미국 수출 방법을 연구할게."

"그럼 나는 현지 고급화 방안을 계획한다."

직원들이 서로를 바라보면서 함께할 동료들과 앞으로의 계획을 구상했다.

혼자서 모든 일을 계획을 짜는 것보다 덩치를 키워 업무를 나누는 편이 낫다.

다행스럽게도 화성양행의 직원들은 모두 열심히 일하는 편이었기에, 평소 잘 어울리는 사람들끼리 조를 꾸렸다.

* * *

출근한 종운지가 비서실에서 서류들을 살피면서 사장

님인 차준후의 일과를 점검했다. 혹시라도 놓치는 게 있을까 싶어 집중하면서 공책에 기록해 나갔다.

"덴마크 대사관님, 산업 정책국 부국장님, 론도그룹 회장님이 사장님과 만나고 싶다고 연락을 해 왔네."

그녀는 대단한 기업에서 일한다는 걸 새삼 느꼈다.

전 직장을 때려치우고 나와 스카이 포레스트에 취업한 건 그야말로 최고의 선택이었다.

창업한 지 얼마 지나지 않았는데도 불구하고 스카이 포레스트는 한국인들의 마음속에서 대한민국 최고의 기업으로 우뚝 올라섰다.

"사장님과 같은 공간에 있을 때가 좋았는데……."

직원들이 늘어나면서 기존 사무실로 사용하던 공간은 화장품 제작 공간으로 온전히 바뀌었다.

기존 공장 바로 옆에 매입한 3층 건물로 사장실과 직원들 사무실, 해외무역부, 휴게실, 탕비실 등이 옮겨졌다.

사장실이 새롭게 단장되었고, 비서실이 새롭게 신설됐다.

"안녕하세요. 오늘도 상쾌한 아침입니다."

사장실로 가기 전 비서실을 지나쳐 가야만 하는 차준후가 인사를 건네면서 들어섰다.

"좋은 아침입니다, 사장님. 아이스 아메리카노 준비할까요?"

그녀가 곁을 스쳐 지나가려는 차준후에게 물었다.

"부탁합니다."

차준후가 사장실로 들어섰다.

사장실 천장에는 상용화 단계 이전의 광신전기 실험용 형광등들이 설치되어 있었다.

조명을 켜자, 형광등들이 환한 빛을 터트렸다.

스카이 포레스트 사무실 전체에 광신전기 형광등이 깔렸는데 다행스럽게도 아직까지는 불량품이나 문제 있는 것들은 나타나지 않았다.

양복 재킷을 벗어 옷걸이에 걸고 의자에 앉아, 잠시 창문 밖을 바라보았다.

3층 창문 밖으로 언덕 아래 용산의 풍경이 들어왔다.

어둠이 서서히 사라져 가고 있는 시골 풍경을 잔뜩 간직하고 있는 용산이 서서히 활기에 차서 꿈틀거리고 있었다.

사장실 한가운데에서 낙후된 용산 풍경을 바라보면서 차준후가 새삼 1960년대라는 걸 느꼈다.

똑똑똑똑!

노크 소리와 함께 종운지의 목소리가 들렸디.

"사장님, 아이스 아메리카노와 서류를 가지고 왔어요."

"들어오세요."

"맛있게 타서 가지고 왔어요."

종운지가 마호가니 책상 위에 커피와 서류를 올려놓았다.

"고마워요. 먹을 때마다 나날이 실력이 늘어나는 걸 느끼고 있네요."

"오늘 일정을 간략하게 보고해 드릴까요?"

묻는 종운지의 심장이 요란하게 쿵쾅거렸다.

평소 일정에 관한 부분은 차준후가 서류를 보면서 직접 챙겨 왔다.

커피를 한 잔 마시려던 차준후가 열심히 노력하고 있는 종운지를 바라보았다.

비서실로 분리되고 난 뒤, 대체 불가능한 진정한 비서가 되기 위해 노력하고 있는 게 눈에 보였다.

노력하는 비서에게 실망을 안겨 줄 수는 없는 노릇이다.

"해 보세요."

그가 커피잔을 내려놓고 그녀를 응시했다.

"덴마크 대사님, 산업 정책국 부국장님, 론도그룹 회장님, 신화백화점 사장님께서 만나고 싶다는 전화 연락을 해 왔습니다."

"무슨 용건이라고 하던가요?"

"덴마크 대사님은 2차 차관에 대한 용무라고 했고, 부국장님은 해외 수출에 대한 협의를 원했어요. 다른 두 분은 식사라도 하자는 가벼운 용건이었습니다. 론도그룹 회장님은 직접 오신다고 하셨고, 신화백화점 사장님은

와 주셨으면 한다고 말씀하셨어요."

전화상담부서에서는 보고할 내용들을 매일 서류로 작성해서 사장실에 올렸다. 그것들을 비서인 종운지가 직접 구두로 보고하니, 차준후로서는 편했다.

"모두 약속을 잡으려면 유감스럽게도 제 하루가 꽉 차겠네요. 다른 두 분은 안타깝게도 시간이 없어서 양해 부탁드리시고, 덴마크 대사님과 부국장님과는 오후에 약속을 잡아 주세요."

차준후가 간략한 보고를 들은 뒤 귀한 분들과의 약속을 종운지에게 맡겼다.

이런 사소한 일 하나하나를 직접 챙기다 보면 정말 하루 24시간이 너무 부족했다.

그렇지 않아도 사장의 위치에서 직접 처리해야 할 일이 산더미였다.

가벼운 식사 자리?

분위기를 볼 때 나이 드신 어르신들과 편한 식사가 될 것 같지 않았다.

한동안 시간이 날 것 같지 않았다.

특별한 이유기 없는데 만나자고 하는 전화들이 여러 곳에서 오고 있었다.

"흠! 다음에 신화백화점 사장님께 전화 오면 제가 한 말 토씨 하나 빠뜨리지 말고 그대로 전하라고 지시하세요. 원하는 게 있는 쪽에서 약속을 잡은 뒤에 직접 찾아오라고!"

"너무 과한 표현이 아닐까요?"

종운지가 걱정했다.

윗사람에게 찾아오라고 직접적으로 말하는 건 역효과를 불러일으킬 수 있었다.

존경하는 차준후가 버르장머리 없다고 욕먹는 걸 보기 싫었다.

"과한 건 맞죠. 그래도 간절히 원하는 쪽에서 오는 게 좋다고 생각해요."

이 부분에 있어 차준후는 단호했다.

친분이 두터운 것도 아니었는데 오라 가라 요구하는 건 신화백화점 사장 서해준이 선을 넘은 것이었다.

이야기를 전해 듣고 역정을 내든지 말든지 그건 당사자가 알아서 할 일이었다.

"알겠습니다. 지시한 대로 이야기하겠습니다."

말릴 수 없다는 걸 종운지가 깨달았다.

구설에 오를까 걱정스럽기는 한데 시원하기도 했다.

자기가 뭐라고 사장님을 오라 가라 하는 거야?

아니라고 생각하는 걸 확실하게 끊어 버리는 사장님이 존경스러웠다.

'직접 전화를 받을까? 재미있겠어.'

종운지가 전화 전문 상담 부서가 아닌 직접 서해준과 통화하기로 마음먹었다.

가녀린 모습과 달리 당찬 구석이 있었다.

'흠! 요즘 들어서 만나자는 사람들이 많네.'

차준후가 속으로 생각하며 쓴웃음을 지었다.

전국적으로 유명해지면서 스카이 포레스트와 저택으로 초대장과 중·고등학교 동창회, 대학교 동아리, 경제연합회, 사교회 등의 우편이 잔뜩 날아왔다.

실제 차준후가 생전에 자주 발걸음을 한 모임들도 있었다.

단편적인 기억들이 떠올라서 기존의 인연들이 궁금하기도 했지만 차준후는 따로 연락하지 않았고, 모임에 참석하지도 않았다.

육체의 기존 인연 있는 사람들을 만나면 어떻게 해야 할지?

아직도 이런 사실이 어색하기만 했다.

"오후에 약속을 잡고 다시 보고할게요. 이만 물러나겠습니다."

해 냈다는 기쁜 표정을 숨기지 못한 종운지의 눈썹이 초승달을 그렸다.

보고를 마친 그녀가 보무도 당당하게 사장실을 나갔다.

근래 운전 면허를 취득했고, 퇴근 후에는 영어 학원을 다니고 있었다.

 최고의 직장이 스카이 포레스트와 빛나는 차준후 옆에 머물러 있기 위해 열심히 노력했다.

 "수고하세요."

 홀로 사장실에 남게 된 차준후가 마호가니 책상 위에 놓인 많은 서류들을 살펴보기 시작했다.

* * *

 새롭게 신설된 해외무역부의 보고서들을 살피고, 계약서들을 쓰고, 스카이 포레스트의 업무를 처리하고, 계열사들과 공사 현장을 방문하고, 대출을 위한 은행 방문 등 해야 하는 일들이 점점 많아져 갔다.

 몸이 열 개라도 부족할 지경이었다.

 "이러다가는 복수고 뭐고 과로사할지도 모르겠어."

 결제를 모두 끝마친 차준후가 중얼거렸다.

 이런 사태가 벌어진 건 모두 즉흥적으로 일 처리를 한 탓이었다.

 회사의 중요한 결재 서류들이 모두 사장의 책상으로 올라왔다.

 복수를 위해 창업한 스카이 포레스트는 회사 구조가 체

계적으로 잡혀 있지 않는 기형적인 형태였다.

출발 자체부터 비정상적이었고, 사장으로서의 자세보다 사원이었던 연구원의 마음가짐으로 출발하였기에 부족한 점이 태반이었다.

"가장 문제가 되는 건 회사가 사장과 대부분 신입 사원들로 이뤄져 있다는 사실이야. 컨트롤타워 역할을 할 중간의 간부들과 임원들이 없으니까, 사장의 업무가 과중될 수밖에 없어."

회사가 작을 때는 차준후가 주먹구구식으로 마음대로 스카이 포레스트를 운영해도 문제가 없었지만 점점 비대해져 가고 있는 이제는 아니었다.

미래의 지식으로 한계를 돌파하고 있었지만 사업체들이 늘어나고, 점점 사업이 복잡해지면서 그것만으로는 부족했다.

그 사실을 누구보다 사장인 차준후가 잘 알았다.

"사업적 역량을 키워 나가고 있지만 사업의 확장 속도가 훨씬 가파르다."

문제 발생 사실이 차준후의 이성을 자극하고 있었다.

이대로 계속 진행되면 이내 피얼음이 일이니게 되리라!

업무를 분산시킬 인재가 절실하게 필요했다.

"도움이 될 사람이 있기는 하지."

회사 문제에 있어서 가장 도움이 되는 건 바로 오대양

창업주의 자서전이다.

 인복이 많은 창업주의 주변에는 항상 조력자들이 넘쳐 났다.

 유능한 조력자들은 창업주와 함께 조직의 체계를 만들고, 영업망을 키우며, 회사의 내실을 튼튼하게 다졌다.

 오대양은 창업주를 비롯한 뛰어난 인재들이 함께 일궈 낸 회사였다.

 훌륭한 인재와 함께 사업한다는 것은 사업가의 인생에서 큰 축복이며 행운이다. 그리고 그런 축복과 행운은 하늘에서 뚝 떨어지는 것이 아니다.

 하지만 차준후는 그런 축복과 행운을 중간에 강탈할 수 있었다.

 "음! 그 사람이 차후에 갑작스럽게 사라진다는 사실이 문제인데……."

 오대양의 창업 초기부터 합류하여 부사장의 자리까지 올라선 입지전적인 사람이 있었다.

 대학 교수 출신으로 주먹구구식으로 운영되던 오대양을 체계적으로 탈바꿈시켰지만, 회사 연혁에서 갑작스럽게 사라지고야 마는 비운의 인물이기도 하다.

 "창업주가 크게 신뢰한 사람이 왜 갑자기 오대양에서 사라졌을까?"

 자서전에는 부사장의 업적만 짧고 굵게 기록되어 있을

뿐 회사에서 사라진 이유에 대해서는 적혀 있지 않았다.

어떤 문제가 있었던 걸까?

마지막에 문제가 있다는 사실을 알고 있었기에 함부로 영입하기에 불편한 존재였다.

그 자세한 내막을 알지 못해 찜찜했다.

"지금은 고양이 손이라도 빌리고 싶은 심정이다."

과중한 업무에 시달리고 있는 차준후가 부사장에 대한 불편한 생각을 일단 내려놓았다.

나중에 문제가 될지는 몰라도 오대양 부사장의 업적을 스카이 포레스트에서 받고 싶었다.

그렇게 되면 사장으로서의 삶이 한층 윤택해지리라!

차준후가 전화기를 들었다.

"용산 후암동 천애 복덕방 부탁합니다."

- 연결해 드릴게요. 잠시만 기다려 주세요.

전화교환원이 말과 함께 뚜르르르 신호음 소리가 들렸다.

- 천애 복덕방입니다.

변성우의 또렷한 목소리가 전화기를 타고 들려왔다.

"안녕하세요. 차준후입니다. 잘 지내고 계시지요?"

- 덕분에 바쁘게 잘 지내고 있지요. 무슨 일이시오?

변성우는 용산 일대에 나온 매물들의 땅 주인과 건물주들을 찾아다녔다. 위치가 적당하고 가격만 맞으면 차준후가 곧바로 매입하고 있었다.

"부탁드릴 일이 있어서 찾아뵈려고 합니다."

- 언제든 오시오. 간만에 얼굴 보면서 이야기하면 좋지요.

차준후가 자전거를 타고 천애 복덕방으로 향했다.

직접 페달을 두 발로 밟으며 자전거를 타자 바람이 온몸을 감싸며 기분 좋은 상쾌함을 불러일으켰다.

탁!

자전거에서 내렸다.

"어서 오시게나."

때마침 복덕방 밖에 있던 변성우가 차준후를 반겼다.

"아침 식사하셨어요?"

1960년대식 인사를 올리는 차준후였다.

"배불리 먹었지요. 식사는 하셨소?"

"원래 아침은 먹지 않아요. 오래된 습관이죠."

임준후로서의 오랜 습관을 차준후로 살아가면서도 그대로 답습하고 있었다.

혼자 살아가면서 아침밥을 해 먹는 건 여간 곤혹스러운 게 아니다.

항상 아침은 커피 한 잔으로 때웠다.

"아침을 든든하게 먹어야 하루를 힘차게 출발하는 법인데……."

"부탁드릴 일이 있어서 왔네요."

오랜 세월 굳어진 습관을 바꿀 생각이 없는 차준후가 어르신의 아침밥 타령을 끊어 버렸다.

"무슨 부탁이시오?"

"천애복덕방에서 사람을 아주 잘 구해 준다면서요?"

차준후가 웃으며 도움을 구했다.

이걸 왜 복덕방에 와서 물어보냐고?

천애 복덕방 변성우는 마당발로 주변에서 모르는 사람이 없었다.

이 당시 복덕방들은 동네의 사랑방이자 인력사무소 등 다양한 부분에서 활약했다.

창업주 자서전에 자주 등장하는 변성우는 오대양에 부동산과 함께 인재까지 소개시켜 줬다.

"들어가서 이야기합시다."

변성우가 차준후를 데리고 복덕방 안으로 들어갔다.

"보리차 한잔하시겠소?"

"감사히 먹겠습니다."

석유곤로 위에서 주전자를 들어 차준후에게 보리차를 쪼르륵 따라줬다.

따뜻한 온기가 컵을 통해 손으로 전해졌다.

보리차를 한 모금 마시자 보리차의 구수한 맛이 느껴졌다.

"어떤 인재를 원하는 겁니까?"

"모든 것들을 꿰는, 모든 요소를 파악해서 지시를 내릴 수 있는 컨트롤타워 역할이 가능한 인재를 원합니다."

차준후가 원하는 인재상을 이야기했다.

"특별한 재능을 가진 임원급을 원한다는 이야기군요."

높은 수준의 인재 요구에 변성우의 얼굴이 굳어졌다.

화장품의 미국 수출이 임박한 스카이 포레스트는 혜성처럼 대한민국 최고의 회사로 떠올랐고, 임원이 해 나갈 일들도 결코 간단하지 않았다.

"사장급으로 성장할 수 있는 특별한 임원을 구합니다. 주먹구구식 회사의 체계를 튼튼하게 잡아 주면서 사업적인 판단에 도움을 줄 수 있는 전문적인 임원이면 좋겠습니다. 대우는 대한민국에서 최고로 시작해서 끝날 때까지 유지될 거라고 장담합니다. 능력만 있다면 회사를 창업할 수 있도록 지원할 생각입니다."

차준후가 원하는 바를 이야기하면 최고의 혜택을 주겠다고 천명했다.

"스카이 포레스트의 업무를 처리하기 위해서는 최고의 인재들을 알아봐 주셔야 할 겁니다."

사장급!

사업의 모든 걸 책임질 엄청난 자리를 주겠다는 것도 놀라운데, 창업할 수 있도록 도와주겠단 이야기는 정말 기겁할 내용이었다.

"정말 배포가 놀랍습니다. 회사를 창업시켜 주겠다니, 보통 사람들은 생각할 수도 없는 이야기이군요."

변성우의 목소리가 떨렸다.

어느 창업주가 혈연이 아닌 직원에게 회사를 만들어 주겠는가.

견문이 넓은 변성우였지만 난생처음 들어 보는 충격적인 이야기였다.

나이만 젊었다면 직접 스카이 포레스트에 취직해서 창업에 도전하고 싶었다.

"돈을 쓰는 일이라면 제가 자신 있습니다. 능력 좋은 분 소개 부탁합니다."

차준후는 필요한 사람에게 조건을 맞춰 줄 용의가 차고 넘칠 정도로 충분했다.

돈을 소비해서 골치 아픈 일을 떠넘길 수 있다니 남는 장사였다.

뛰어난 인재 영입을 위해 대한민국 최초로 사내벤처제도를 꺼내 들었다.

기업 내부에 독립된 벤처사업 조직을 두고, 기업이 신상품을 개발하거나 신규 시장에 진출하기 위해 내부에 독립된 조직을 둘 수 있게 지원해 준다.

미국 등 선진국에서는 1940년대부터 신기술 사업화와

조직 간소화, 직원의 사기진작 등을 위해 시행하고 있는 제도이다.

대한민국에는 1996년부터 도입되어 사내벤처제도 1호로 인퍼파크가 성공 신화를 이룩하는데, 차준후가 1960년대부터 활성화시켜 버렸다.

'자! 제가 회사까지 창업시켜 준다고 했으니까, 이제 문상진 임원을 소개해 주세요.'

차준후가 원하는 인재를 소개받기 원했다.

책사라고 할까?

무계획인 그에게 체계적으로 계획을 짜줄 인재가 절실히 필요했다.

"막중한 책임감이 어깨를 짓누르는 기분입니다. 최대한 신경을 기울여서 사장님께서 만족할 만한 인재 후보들을 알려드리겠습니다."

"의뢰비는 두둑하게 챙겨드리겠습니다."

"무슨 소리요? 단순한 소개이기에 돈을 받기에는 미안하지요."

변성우가 손사래를 치면서 사양했다.

식사를 대접받은 적은 있어도 사람을 소개시켜 주면서 돈을 받아 본 적이 없었다.

"아닙니다. 회사를 떠받칠 인재를 소개받는 건데 그냥 넘어갈 수는 없는 노릇입니다. 게다가 이번 한 번으로 그치면 모를까, 앞으로도 계속해서 부탁을 드릴 생각입니다."

차준후는 헤드헌팅에 대한 보수를 무조건 줄 생각이었다.

임원급 헤드헌팅 성공보수는 미래에서 상당한 거액으로 책정된다.

"흠! 주신다니 받기는 하겠습니다만 사장님은 참 유별나시군요."

변성우가 받아들이기는 했지만, 불편한 기색이 역력했다.

'왜 이런 일에 돈을 받으려 하지 않을까.'

1960년대의 고정 관념에 박혀 있었다.

그런데 돈을 안 주려고 안달인 보통 사람들과 달리 차준후는 일의 보수에 대해서 무척 민감했다.

그 성격을 알기에 받아들였지만 기분이 썩 좋지는 않았다.

"부동산과 똑같다고 생각하시면 됩니다. 미래에는 부동산처럼 인재들을 소개하고 받는 시장이 열리게 될 겁니다."

차준후가 변성우의 불편함을 해소시켜 주기 위해 미래의 이야기를 꺼내 들었다.

"음! 인재 거래 시장이라? 재미있는 이야기군요."

찌푸려져 있던 변성우의 얼굴에 호기심이 어렸다.

"멀리 있는 이야기가 아닙니다. 해외에서는 구인 대형 업자인 헤드헌터가 유망한 직종으로 인정받고 있으니까요."

차준후가 인재 시장에 대해 많은 이야기를 꺼냈다.

헤드헌터!

구인 구직을 전문적으로 해 주는 컨설턴트를 의미한다.

"헤드헌터? 머리 사냥꾼인가요?"

약간 더듬거리기는 했지만 변성우의 영어 발음이 정확했다.

"하하하하! 예전에는 현상금 사냥꾼 개념이 있었던 것도 사실입니다. 그렇지만 이제는 사냥꾼이 아니라 인재 알선업자라고 보면 됩니다. 헤드헌터들이 인재 알력 시장에서 활동하면서, 인재들을 소개시켜 줄 때마다 일정한 보수를 받고 있습니다."

헤드헌터들은 업체의 중요 인사를 다른 경쟁 기업에 추천해 주거나 빼내서 이직시키는 역할을 하거나, 기술과 경력을 가진 전문가들을 업체와 연결시켜 준다.

헤드헌터들의 수입은 구인하는 업체에서 채용이 성사될 때 지급하는 게 관례이다.

"그런 시장과 인력 소개업자들이 있다니 놀랍소이다."

변성우가 색다른 이야기에 깊게 빠져들었다.

"모든 게 부족한 국내에 넘쳐 나는 건 사람들뿐입니다. 그런데 사람들은 많지만 정작 기업들이 찾는 특별한 인재들은 극히 적습니다. 기업들이 원하는 인재들을 찾아내서 해당 업체와 연결시켜 준다면 충분히 매력적이면서 보수를 당당하게 받을 수 있는 일이라고 생각합니다."

차준후가 헤드헌터의 필요성에 대해서 자세하게 알려 줬다.

2차 차관

 정보가 발달된 미래에서도 기업들은 원하는 인재들을 쉽게 채용하지 못한다.
 1960년대의 인재 채용은 알음알음 인맥을 통해서 이뤄지고 있었다.
 인재를 찾기 어려운 상황에서 헤드헌터의 등장은 차준후와 스카이 포레스트 입장에서 반길 수밖에 없었다.
 "생각해 볼 여지는 많군요. 그렇지만 종신 고용 개념이 강한 국내에서는 인재를 소개시켜 주는 일이 쉽지 않을 거라는 우려도 듭니다."
 국내에는 한 번 취직하면 퇴직할 때까지 일한다는 종신 고용 개념이 강했다. 중간에 이직하거나 퇴직하면 문제가 있다는 선입견을 가지고 있기도 하다.

사업주 입장에서 인재를 빼앗기게 되면 굉장히 거부감이 들게 자명하다.

여러모로 문제점이 많은 이야기였다.

"해외에서 핵심 인재 한 명 소개비가 서울 대저택 복비보다 비싸다고 하면 믿겠습니까?"

"믿기 힘든 이야기입니다."

"제 말을 믿으세요. 기업에게 있어 가장 중요한 부분은 바로 우수 인재 확보입니다. 단 한 명의 핵심 인재가 평범한 십만 명보다 소중합니다. 꼭 필요한 인재라면 대저택 복비 열 배 정도는 가볍게 낼 수 있습니다."

차준후가 변성우의 헤드헌터 전업을 적극적으로 권유했다.

헤드헌터는 인재에 목말라 있는 기업들의 폭넓은 호응을 받는다.

안타깝게도 미래의 국내 시장을 주름잡고 있는 건 외국계 헤드헌터 그룹이다.

인재를 빼앗길 때는 욕하지만 대기업들도 특별한 인재를 찾을 때 헤드헌터들을 찾았다.

임준후로 살아 있을 때, 휴먼 파워라는 외국계 기업으로부터 이적을 제안받기도 했었다.

돌이켜 보니 그때 이적을 승낙했으면 다른 삶이 벌어졌을지도 몰랐다.

"음! 생각해 볼 여지가 많은 이야기입니다."

변성우의 고민이 길어졌다.

이건 차준후를 믿지 못해서가 아니라 자신의 미래에 지대한 영향을 끼치는 일이었기 때문이었다.

욕심이 나기는 했지만, 결정 한 번 잘못 내렸다가 늘그막에 크게 고생할 수도 있었다.

미래에 좋은 사업이라고 해서 1960년대에 무조건 성공할 수 있는 건 아니다.

헤드헌터로 나섰다가 국내 상황과 어울리지 않아 사회적으로 지탄을 받을 수도 있다.

"처음으로 걸어가다 보면 가시밭길이 펼쳐지기도 하지요. 그러나 그 길을 뚫고 나가면 달콤한 성과를 얻을 수 있을 겁니다. 헤드헌터로 나서신다면 제가 적극적으로 이용하며 지원해 드리겠습니다."

차준후가 망설이고 있는 변성우의 등을 떠밀어 줬다.

인재 영입은 결국 자본 싸움이고, 차준후는 이 경쟁에서 어느 누구에게도 밀리고 싶지 않았다.

전문지식과 소양을 갖추고 있다면 교육을 통해 꼭 필요한 인재로 키우는 게 가능하다. 차후, 대한민국 최초로 인재개발원을 건립하고 사원 교육을 제도화할 생각이었다.

'인재를 찾는 데 있어 나보다 뛰어난 사람은 없다.'

차준후는 누가 대단한 성공을 하는지 잘 알고 있었다.

안목과 함께 알고 있는 지식으로 인재를 찾고, 내부 경쟁을 통해 인재를 육성하면서, 공격적인 투자로 스카이 포레스트를 성장시킬 생각이었다.

인재, 육성, 투자 등이 짜임새 있게 맞물리면 스카이 포레스트가 대기업으로 우뚝 설 날이 성큼 다가오리라!

"그러시겠소?"

화끈한 지원 약속에 고민하고 있던 변성우가 반색했다. 쉽지 않은 길이겠지만 차준후의 든든한 지원이 있다면 이야기가 달라진다.

자타공인의 대단한 차준후다.

날마다 스카이 포레스트와 차준후에 대한 기사로 신문이 도배되고 있는 실정이었다.

순풍에 돛 단 듯 잘 나가고 있는 차준후의 지원은 변성우의 신사업에 엄청난 힘이 될 게 분명했다.

"벌여 놓은 사업들이 많다 보니 인재들이 많이 필요합니다."

"좋소. 심혈을 기울여서 한번 해 보겠소이다."

변성우가 결정을 내렸다.

복덕방 주인이면서 동시에 헤드헌터로서의 일까지 함께하기로.

복덕방을 하다 보면 수많은 사람들을 만나고 돌아다니

는 게 일이었다.

복덕방 일을 계속하려면 평판이 아주 중요했기에, 부동산을 사고파는 사람들에 대해서 수소문하면서 분류하고 접촉하며, 문제가 많은 악성 부동산 매물이나 사기를 치려는 사람들을 제외시켜야만 한다.

헤드헌터까지 겸업하기 위해서는 평소 하던 업무에서 사람들에 대한 분류와 조사를 더욱 심층적으로 들어가야만 한다.

바야흐로 국내 1호 헤드헌터의 탄생이었다.

"잘 생각하셨습니다. 헤드헌터는 앞으로 유망한 직종이 될 겁니다."

차준후가 크게 반겼다.

신경을 많이 써야 하는 인재 영입의 골치 아픈 일을 대신해 주겠다는 사람의 등장이었다.

좋아할 수밖에 없었다.

종합 법률 사무소의 김운보처럼 헤드헌터 변성우도 앞으로의 행보에 큰 도움이 될 게 분명했다.

"제가 헤드헌터에 대해 잘 알지는 못합니다. 앞으로 많은 지도 편달 부탁드리겠소이다."

변성우가 고개를 숙이며 부탁했다.

크게 성장하고 있는 차준후라는 거인의 어깨에 올라탔다는 걸 느꼈다.

'복덕방 주인으로만 남을 줄 알았는데, 귀인을 만나서 헤드헌터라는 직업을 겸업하게 되었다. 막연하지만 성공할 수 있을 것 같다는 예감이 든다.'

변성우의 뇌리에 어렴풋이 성공한 자신의 모습이 흐릿하게나마 떠올랐다.

"최선을 다하겠습니다."

차준후가 마주 고개 숙였다.

도와 달라고 떠민 형국인데 고마움을 받고 있으니 민망했다.

'대한민국 시장을 지배하는 헤드헌터 그룹으로 성장할 수 있게 도와드릴게요.'

마음에 걸리는 민망함이 있기에 변성우의 헤드헌터 사업을 적극적으로 돕기로 마음먹었다.

그를 돕는 것이 곧 자신을 위하는 길이기도 했다.

"기회를 줘서 감사할 따름이지요."

귀인의 인사에 변성우의 고개가 더욱 깊숙하게 내려갔다.

좋은 기회를 주면서도 저 겸손한 태도!

참으로 됨됨이가 선량한 차준후에게 감복할 따름이었다.

음!

이번에도 귀찮음을 떠넘기려 작업한 건데 또다시 변성우의 오해를 불러일으키고 말았다.

"영어가 가능한 비서도 구할 수 있으면 부탁합니다."

차준후가 헤드헌터 추가 의뢰를 맡겼다.

종운지가 비서 역할을 하고 있었지만, 경리 출신이었기에 사실 부족한 면이 많았다.

고등 교육을 받은 유능한 비서가 비서실에 필요했다.

스카이 포레스트가 해외에 알려지고 난 뒤 외국인들 전화가 자주 걸려 왔다.

해외무역부가 신설되면서 외국인들의 전화를 처리하였고, 그 사실이 서류로 사장실 책상에 올라왔다.

오늘 종운지가 했던 것처럼 간략한 보고와 일정 관리를 해 줄 수 있는 비서가 있으면 사장의 업무가 무척 편안하리라!

"추가 의뢰를 주셔서 감사합니다. 최선을 다해 찾아보겠습니다."

변성우가 활짝 웃었다.

두 사람이 헤드헌터 사업과 일상 생활에 대한 이야기를 도란도란 나누고 있을 때였다.

따르르릉! 따르르릉!

전화벨이 울렸다.

"잠시 실례하겠소이다. 여보시오."

- 종운지 비서예요. 성우 할아버지, 거기 우리 사장님 계신가요?

"여기 계시네. 바꿔 줄까?"

- 네. 부탁드려요.

"받아 보시오. 운지 비서이외다."

차준후가 전화기를 건네받았다.

"전화 받았습니다."

- 사장님, 덴마크 대사관의 알버트 요한 대사님이 찾아왔습니다.

"약속 시간보다 일찍 오셨네요. 바로 출발하겠습니다."

- 네. 그렇게 전하겠습니다.

차준후가 전화기를 내려놓았다.

회사로 찾아온 알버트 요한을 만나기 위해 자리에서 일어났다.

"이만 가 보겠습니다."

"몸 성히 조심해서 가시게나."

변성우가 밖에까지 나와 허리를 깊숙하게 숙이며 배웅했다.

* * *

대한민국에서 낙농사업을 이끌고 있는 SF목장과 SF우유는 1960년 가을에 설립됐다.

SF목장에서 나오는 원유에 이익을 보장해 주면서 모두

매입하고 있는 SF우유는 창립 초기 적자에서 벗어나지 못하고 허덕거렸다.

시중에 판매되는 우유의 양이 늘어날수록 적자의 폭이 차츰 줄어들었다.

우유 기부를 통해 전국에 인지도를 크게 알렸으며, 튼튼한 유리병이 한국 아줌마들에게 선풍적인 인기를 끌고 있었다.

SF우유는 시련을 겪으며 발전을 거듭하면서 흑자 전환의 기틀을 마련하는 데 성공했다.

성공의 기반을 만든 차준후는 사업을 크게 키우기 위해 쉬지 않고 움직였다,

여전히 하루의 일과 시간 내에만 근면하게 돌아다니면서 새로운 사업을 계획 중이었다.

대학교에서 경영학을 배우지 않았고, 화장품에 관련된 공부를 한 적도 없으며, 낙농업 관련 분야에서 종사한 적도 없다.

그런데 차준후가 행하는 사업은 그야말로 순풍에 돛 단 듯 잘나갔다.

그의 움직임에 따라 바람이 불고, 구름이 몰려다니는 형국이다.

낙농업을 성공시키기 위해 덴마크에서 차관을 빌려 오는 등의 적절한 임기응변과 필요한 사회적 환경 등을 스

스로 만들어 버렸다.

황무지나 다름없던 대한민국 산업계에서 차준후는 군계일학의 모습을 연달아 보여 줬다.

협소하고 척박한 최빈국 대한민국이라는 환경에 갇혀 있지 않고 창공을 비상하는 한 마리 봉황이 되어 세계로 날아올랐다.

"잘 지냈나요?"

알버트 요한이 스카이 포레스트 사장실에서 미소 지으면서 하얀 팔을 내밀었다.

"바쁘게 잘 지내고 있습니다. 대사님도 편안하셨습니까?"

차준후가 알버트 요한과 악수를 나눴다.

무슨 볼일이 있는지 알버트 요한은 약속 시간보다 급히 찾아왔다.

"네, 약간 불편한 부분이 있지만 나름 편하게 지내고 있습니다. 덴마크에서 귀환하고 난 뒤 처음 만나는 거죠?"

"그간 격조했습니다. 덴마크에서 빌린 차관으로 벌여 놓은 사업이 많다 보니 몸이 열 개라도 부족할 지경입니다."

아랫사람들에게 일을 최대한 분산시키고 있었지만, 최종 결정권자로서 직접 판단을 내려야 할 때가 많았다.

세상 사람들은 사장이 좋다고 말하지만, 그에 비례하여 책임져야 할 부분이 컸다.

사리 구분을 못하고 잘못된 판단을 내리면 한순간에 진

흙탕으로 떨어져 내릴 수 있었다.

"요즘 사업이 잘나간다고 들었습니다. 축하드립니다."

"아직 축하받기에는 이른 감이 있지 않나요? 그래도 좋은 말씀을 해 주셔서 감사합니다. 커피 드시겠습니까?"

기존의 사장실을 매입한 3층 건물의 넓은 곳으로 옮겼다.

바닥에 깔린 대리석에서 은은한 광이 반짝이고 있는 사장실은 이제 차준후 홀로 사용했고, 종운지는 영어가 가능한 다른 비서 한 명과 함께 비서실에서 별도로 근무하였다.

사장실에서 벗어나 비서실로 옮기게 된 종운지가 무척이나 아쉬워했다.

퇴근하고 난 뒤, 영어와 일본어 외국어 학원을 등록해서 열심히 공부하고 있다는 후문이었다.

"커피는 나중에 하겠습니다. 오늘은 긴히 드릴 말씀이 있어서 불쑥 찾아왔습니다."

테이블을 마주하고 앉은 알버트 요한이 얼굴을 굳히며 이야기했다.

"대사님의 방문은 언제든 한영인데, 무슨 일인가요?"

덴마크 대사가 바쁘게 찾아올 일이 있나?

엉덩이 무거운 덴마크 대사의 방문 이유가 한 가지 떠오르기는 했다.

아니나 다를까.

"얼마 전에 이상한 이야기를 들었습니다."

알버트 요한이 말을 꺼냈다.

* * *

"무슨 이야기입니까?"

"미국에서 대한민국 낙농업에 관심을 가지고 있는 이야기였습니다."

알버트 요한이 차준후의 눈을 마주 보며 이야기했다.

대한민국의 낙농업이 시기상조라고 판단했던 미국은 스카이 포레스트의 사업이 원활하게 진행되자 생각을 바꿨다.

사실이라면 덴마크 입장에서는 발 등에 불이 떨어진 형국이다.

무이자 차관을 진행해 가면서 대한민국 낙농업을 키우려고 하는데, 강력한 힘을 가진 강자가 등장해 버리는 꼴이었다.

잘못하면 공들여 키운 시장을 빼앗기게 된다.

"그렇군요."

차준후가 담담하게 말했다.

그 모습에 알버트 요한이 한숨을 내쉬었다.

"하아! 제가 들은 정보 가운데에는 미국이 스카이 포레스트와 접촉하고 있다는 이야기도 있었습니다."

"……제안을 받은 건 사실입니다."

차준후가 잠시 침묵했다가 인정했다.

숨길 일이 아니었다.

오히려 자랑할 만한 일이다.

미국행을 위해 미국 대사관에 들렸는데, 미국 대사와 대화의 시간을 갖게 됐다.

그때 미국 대사가 미국은 낙농 차관을 빌려줄 의사가 있다고 표명했다.

"덴마크가 스카이 포레스트의 낙농사업에 도움의 손길을 내드린 걸 잊지 마셨으면 합니다."

그는 차준후가 미국의 제안을 받아들일까 걱정해서 달려온 것이다.

"충분히 고맙게 생각하고 있습니다."

차준후는 미국의 제안에 대해 아직 승낙하지 않았다.

낙농업은 어디까지나 화장품 사업을 위한 발판이었기에 현재로서도 충분했다.

미국 낙농 차관은 액수는 200만 달러에 이르지민 무이자가 아닌, 저리였다.

충분히 좋은 조건이었지만 시간을 두고 천천히 생각해 볼 여지가 있었다.

아직 덴마크에서 빌린 50만 달러의 해외 차관금에서 집행되지 않은 예산이 남아 있기도 했으니까.

"우리 덴마크 정부와 거래하고 있는 스카이 포레스트를 말도 없이 빼앗아 가려고 하는 미국은 정말 예의가 없습니다."

그가 미국에게 마구 비난의 화살을 날렸다.

"……."

차준후는 살짝 어처구니가 없었다.

명분을 따진다지만, 힘이 지배하는 국제 관계에서 예의가 어디 있는가.

눈에 불을 켜고 자국의 이익을 챙기는 거지.

덴마크에서 처음으로 차관을 받았다고 해서 계속 거래를 지속해야 할 이유는 어디에도 없다.

현실을 냉정히 평가하고 있는 알버트 요한도 그런 사실을 잘 알았다.

다만 대화를 조금 유리하게 이끌어 가기 위해서 미국을 흠집 내는 것이었다.

그러면서 차준후에게도 압박을 가한 것이고.

물론 그 압박이 실패로 끝났다는 걸 인지하고서는 곧바로 말을 바꿨다.

"덴마크는 2차로 추가 차관을 집행할 준비가 되어 있습니다."

덴마크 대사관은 그동안 대한민국의 낙농업 진행을 면밀하게 파악하고 있었다.

낙농업이 처음에는 약간 무리였는가 싶더니, 차준후의 묘책과 임기응변에 의해 빠른 속도로 발전을 거듭했다.

대한민국 낙농업과 함께한다면 큰 이익을 얻을 수 있었다.

낙농업의 해외 수출을 적극적으로 노리고 있는 덴마크 입장에서 참으로 반가운 일이었다.

지금 당장 대한민국의 시장은 왜소하지만 발전 가능성은 무척 컸다.

고대하던 해외 수출이 크게 일어나려 하고 있는데, 미국이라는 거대한 그림자가 드리워졌다.

"그렇습니까? 제가 미국 낙농 차관을 받을까 걱정해서 오신 거군요."

차준후는 덴마크의 입장이 충분히 이해됐다.

선두 주자로 열심히 시장을 조성했는데, 갑작스럽게 아무것도 안 한 미국이 뜬금없이 등장해서 과실을 따가겠다는 꼴이었으니까.

그런데 애간장이 타는 건 덴마크 입장 아니겠는가.

차준후로서는 선택할 수 있는 국가가 많을수록 나쁠 게 없다.

깐깐하고 까다롭게 굴면서 좋은 제안을 골라서 선택하

는 게 가능해지니까.

"……그렇습니다."

알버트 요한은 다시 한번 거칠게 한숨을 내쉬었다.

대한민국에서 낙농산업을 부흥시키기 위해서 이제 막 한고비를 겨우 넘겼을 뿐이었다.

여기에서 끝이 아니었다.

그런데 벌써부터 다른 국가들이 군침을 삼키면서 대한민국 낙농산업을 기웃거렸다.

처음으로 대한민국 낙농산업에 뛰어든 덴마크 입장에서는 그야말로 발 등에 불이 떨어진 상황이었다.

덴마크에서는 미국의 낙농 차관 제공에 대해 크게 우려하고 있었으며, 2차 차관 집행과 함께 스카이 포레스트와의 관계를 긴밀하게 유지하라는 지시가 지급으로 내려왔다.

'덴마크 입장에서 불편해진 게 사실이겠지.'

차준후는 피식 새어 나오려는 웃음을 꾹 참았다.

덴마크와 미국이라는 두 곳을 저울질하면서 원하는 쪽을 선택할 수 있게 됐다.

어느 쪽이 이득일까?

대한민국의 경제와 정치에 깊숙하게 관여하고 있는 미국의 차관을 받는 것도 좋은 선택이 될 수 있었고.

미국을 지렛대로 삼아 더 큰 이득을 얻어 낼 수 있는

덴마크를 선택하는 것도 나쁘지 않았다.

어디로 결정할지는 전적으로 차준후의 몫이었다.

"제가 요청했던 에어스푼이라는 기계는 어떻게 됐습니까?"

선택을 내리기 전에 차준후가 궁금했던 사안을 꺼냈다.

혁신적인 화장품 개발에 꼭 필요한 설비가 바로 에어스푼이었다.

없어도 상품개발은 가능했지만 그만큼 성능이 떨어지게 된다.

명품을 만들고 싶은 차준후의 의도와 어긋나게 되는 것이고.

"에어스푼 제조사인 서독 알폰사에서 조만간 선적을 완료한다고 들었습니다. 많은 주문량으로 인해 제작 일정이 밀린 탓인지 시간이 조금 늦어진 모양입니다."

알버트 요한이 차준후의 시선을 피한 채 이야기했다.

사실 덴마크에서는 에어스푼 지원을 두고 갑론을박이 벌어졌었다.

자국 산업과 기업들에게 기회를 제공해야 하는 차관 프로그램에서 서독 기업인 알폰사의 에어스푼을 제공하면 안 된다는 의견이 더욱 높았다.

결국 에어스푼 제공이 무산되려고 했지만 미국의 등장으로 인해 급선회할 수밖에 없었고, 부랴부랴 알폰사에 제작을 의뢰했다.

"조금만 더 늦어졌으면 제가 서독으로 가서 직접 구매하려고 했었는데, 배려해 주셔서 감사합니다."

차준후는 덴마크의 입장 선회 내막을 짐작하고 있었다.

또다시 1박 2일 동안 비행기를 타고 유럽까지 가야 하는 곤혹스러운 일을 면했다는 게 중요했다.

21세기에서 살다가 온 사람에게 지금의 비행기는 정말 너무 힘들었다.

"이런 말씀이 실례일 수도 있겠지만 덴마크 입장에서는 스카이 포레스트의 확답이 필요합니다."

"조건이 어떻게 됩니까?"

"차관 200만 달러에 조건은 종전과 같습니다."

차관 금액이 종전보다 무려 4배나 늘어났다.

사실 50만 달러 차관으로 진행된 사업 규모는 서울과 경기도 일부의 한정된 지역에서만 우유를 보급할 수 있었다.

덴마크 정부에서는 대한민국 낙농업이 가능한지 간을 보는 것이었고, 차준후 입장에서는 화장품 사업을 위해 충분한 규모였다.

200만 달러라고 해도 서울과 경기도 전체를 아우르기에는 부족했다.

짧은 시간 안에 될 수 있는 사업이 아니었기에 차츰차츰 규모를 키워 나가야 한다.

"20만 달러의 차관에 대해서는 덴마크 자국 기업이 아니라고 해도 수입할 수 있는 권리를 주셨으면 합니다. 에어스푼처럼 필요한 장비들을 구매할 수도 있으니까요."

차준후가 당당하게 요구했다.

치열한 경쟁을 뚫고 승리하기 위해서는 그만큼 매력적인 부분이 있어야 하지 않겠는가.

에어스푼처럼 지연을 받으면 곤란했다.

여러 국가에서 서로 돈을 빌려주겠다고 아우성이니, 차준후가 갑의 위치에서 마음에 드는 국가를 선택할 수 있게 됐다.

"……EDCF, 대외 경제 협력 기금 차관 지원 프로그램의 취지에 어긋난다는 사실을 알고 계시지요? 곤란한 요구입니다."

알버트 요한이 난처해하였다.

최빈국 대한민국에서 편안하게 지낼 줄 알았는데, 스카이 포레스트와 차준후 때문에 일거리가 많아졌다.

자칫했다가는 지금껏 쌓아 온 화려한 경력이 무너지면서 본국으로 소환될 수도 있었다.

어떻게든 차준후와의 관계를 좋게 이끌어야만 했다.

성공적으로 거래를 진행해야 대한민국을 떠나서 선진국 대사관으로 영전할 수 있었다.

"알고 있습니다. 그러나 에어스푼의 경우처럼 들어주

지 못할 사항도 아니잖습니까?"

차준후가 알버트의 푸른 눈동자와 시선을 맞췄다.

두 사람 모두 시선을 피하지 않고 서로를 뚫어져라 바라봤다.

"10만 달러로 줄이면 어떻겠습니까?"

"미국이 있다는 걸 유념하셔야지요. 그리고 낙농업이 발달한 캐나다와 뉴질랜드 대사관에서도 만나자는 전화가 오고 있습니다."

차준후가 양보하지 않았다.

다른 나라들에서도 대한민국 낙농업에 대한 관심을 기울이고 있었다.

덴마크 외에도 선택할 수 있는 나라가 늘어나는 실정이었다.

연구소에 채워 넣을 첨단 연구 시설들과 공장 자동화 장치 등 해외에서 구매해야 할 고가의 장비들이 하나둘이 아니었다.

1960년대의 최첨단 장비들이었기에 20만 달러도 부족했다.

'20만 달러에 대한 부분이 걸리기는 하지만 받아들이면 미국이라는 큰 문제를 해결할 수 있다. 본국에서도 가능한 2차 차관을 진행하라고 했으니까, 큰 무리는 없을 거다.'

선을 그은 채 물러서지 않을 거란 분위기를 감지한 알버트 요한이 잠시 고민에 빠져들었다.

 요구 사항을 들어주지 않아 미국을 선택하게 되면 덴마크로서는 난감해진다.

 시간을 두고 생각했지만 결국 유연한 결정을 내릴 수밖에 없었다.

 "덴마크 기업에서 요구하는 장비들을 구매한 뒤, 임대로 스카이 포레스트에 보내 주면 되잖습니까?"

 차준후가 해결책을 넌지시 제시했다.

 스카이 포레스트가 직접 차관을 이용하지 않고 중간에 덴마크 기업을 끼워 넣으면 된다.

 기업에게는 아무것도 남는 게 없겠지만.

 "편법이기는 한데, 그러면 문제가 사라지게 됩니다."

 알버트 요한의 얼굴이 환해졌다.

 EDCF, 대외 경제 협력 기금 차관 지원 프로그램 취지에 부합하는 기발한 해결책이었다.

 "문제가 없다는 게 중요하지 않겠습니까."

 "요구하신 사항을 받아들이겠습니다. 다만, 이러한 사실은 비공개로 해 주셨으면 합니다."

 적지 않은 무리수를 뒀기 때문에 외부로 알려지면 덴마크 정부가 곤혹스러워진다.

 "물론입니다. 귀국의 배려에 크게 감사를 드립니다."

차준후가 크게 고마워했다.

무이자와 함께 해외에서 사용할 수 있는 20만 달러라는 쌈짓돈을 얻게 됐다.

갑작스럽게 언제든 사용 가능한 20만 달러가 생기자, 차준후는 자신감이 크게 생기는 것 같았다.

돈은 마법과도 같은 힘을 내게 만드는 요물이었고, 지갑에 돈이 두둑하게 있는 것만으로도 든든해지는 법이었다.

차관에 대한 문제를 깔끔하게 해결한 알버트 요한은 앓던 이를 뺀 느낌이었다.

"스카이 포레스트의 화장품 사업이 아주 잘나가고 있다고 들었습니다."

"이제부터 시작인 거죠."

알버트 요한은 천부적인 재능을 갖춘 차준후를 매우 높이 평가하였다.

"대미 수출을 가장 먼저 추진하고 있는 걸로 알고 있습니다."

"미국에 진출하고 나면 다른 국가들 수출에 다소 편안해지니까요."

"유럽 수출은 어떻게 하실 생각입니까?"

"아직 확실한 계획은 없습니다. 미국만 생각하기에도 벅찬 실정입니다."

차준후가 앞서 나가고 있지만 실무를 책임져 줄 수 있는 조직 체계가 아직 제대로 완성되지 않았다.

  유럽 진출을 도모할 수는 있지만 그렇게 되면 차준후의 일거리가 폭발적으로 늘어나게 된다.

  몸이 열 개라도 부족한 실정이었기에 지금 당장은 절대 사양이었다.

* * *

  "유럽 진출의 발판을 덴마크로 하는 건 어떻겠습니까?"

  알버트 요한이 넌지시 속내를 꺼내 들었다.

  영업을 뛰는 것도 대사의 업무에 속한다.

  외교 정치의 장소인 연회에서 와인을 마시며 화려한 삶을 보내는 것만 같지만, 이면에서 대사들은 영업사원들처럼 구슬땀을 흘려 가며 발에 땀이 나도록 돌아다녀야 했다.

  실적을 올리지 못하면 본국 소환이라는 참사를 맞이한다.

  최빈국 대한민국에서 알버트 요한은 차준후라는 천재를 만나 걸출한 영업 실적을 올리고 있었다. 그리고 그 실적을 더욱 부풀리려고 영업을 열심히 뛰었다.

유럽에서 화장품의 대명사는 누가 뭐라고 해도 프랑스였다.

덴마크는 스카이 포레스트의 명성을 빌려 프랑스의 아성에 도전하고 싶어 했다.

SF-NO.1 밀크가 유럽 최초로 출시되면 콧대 높은 프랑스 사람들도 어쩔 수 없이 덴마크로 날아와야만 하리라!

"괜찮은 생각이기는 한데, 유럽 문화의 중심지인 프랑스를 제쳐 두고 덴마크를 선택할 이유가 있겠습니까?"

"이유야 지금부터 협의해 가며 만들어 가면 되지요."

알버트 요한이 본국으로부터 받은 지시 가운데 하나가 바로 SF-NO.1 밀크의 유럽 최초 출시를 덴마크에서 하게 만들라는 것이었다.

"어떤 이유를 만들어 줄지 기대가 되는군요."

차준후의 입꼬리가 올라갔다.

알버트 요한이 영업 사원처럼 열심히 들이대려고 하는 광경에 마음껏 취했다.

'화장품 하나 정말 잘 만들었어.'

그는 다시 한번 SF-NO.1이 얼마나 사기적인 화장품인지 느꼈다.

덴마크에서 이번에 선물 보따리를 제대로 풀 모양이었다.

유럽 진출에 있어서 편안할 꽃길을 걸어갈 수 있을 것 같았다.

"합리적 의사결정을 내릴 수 있게 덴마크에서 적극적으로 돕겠습니다. 덴마크에 처음 진출해야 하는 이유들이 여기에 적혀 있습니다."

알버트 요한이 차준후를 설득시킬 수 있는 서류를 건넸다.

유럽에도 서서히 SF-NO.1이 알려지고 있었다.

대한민국에 있는 유럽인들이 SF-NO.1을 유럽의 지인들에게 보내고 있었고, 미국 방송을 보고서 대한민국으로 비행기를 타고 날아오기도 했다.

"잠시 살펴보겠습니다."

차준후가 서류를 집중해서 읽어나갔다.

서류의 마지막 장까지 살피고 숙이고 있던 고개를 들었다.

"매력적인 제안인 건 분명합니다. 그러나 거대한 시장인 프랑스를 제치고 덴마크에 먼저 진입한다는 사실에서 좋다고만 판단하기에는 부족해 보이는군요."

차준후가 마뜩잖은 표정을 지었다.

인구와 경제력이 풍부한 프랑스와 비교할 때 덴마크는 열세에 있었다.

그럴 일은 없겠지만 매력적인 조건에 혹해서 덴마크에 먼저 진출했다가 자국 문화에 자존심 강한 프랑스의 반발을 불러온다면?

덴마크에서는 남는 장사가 될지 몰라도 차준후 입장에서는 모자란 제안이었다.

"부족합니까?"

자신감 넘치던 알버트 요한의 얼굴이 일그러졌다.

제안서에는 스카이 포레스트의 덴마크 직영점 개설에 필요한 일체의 비용과 직원들의 숙소, 법인 세금 할인 등 다양한 혜택들이 망라되어 있었다.

덴마크 정부와 심혈을 기울여 가면서 최대한 혜택을 주기 위해 노력한 산물이었다.

"프랑스 시장이 덴마크보다 족히 열 배 이상으로 알고 있습니다. 거대한 시장에 직접 진출해서 막대한 이득을 얻을 수 있는 길이 있는데, 작은 시장에서 약간의 혜택을 본다고 얼마나 이득이 되겠습니까?"

차준후가 냉철하게 판단을 내렸다.

덴마크에서 제공하는 세금 할인과 약간의 금전적 혜택은 프랑스에서 벌어들일 수 있는 이득보다 적어 보였다.

"음! 그렇게 말씀하시니까 부족해 보이는 것도 사실이군요."

허탈한 웃음을 짓고 있던 알버트 요한이 차준후의 말에 공감했다.

프랑스는 거대한 시장이었다.

유럽에서 완벽히 성공하기 위해서는 프랑스에서 성과를 내야만 했다.

덴마크에서 크게 혜택을 베풀었다고 생각했는데, 프랑스에 직접 진출하면서 얻는 이익보다 매력이 부족해 보였다.

"이걸로는 부족합니다."

"만족할 만한 혜택을 마련해서 다시 방문하겠습니다."

"기대하고 있겠습니다."

프랑스와 경제 규모 차이가 커도 선진국인 덴마크 역시 무시할 만한 시장은 아니다.

소득 수준이 높았고, 화장품 소비량도 만만치 않았다.

혜택이 빵빵하다면 프랑스 대신 덴마크를 유럽 첫 진출 국가로 선택해도 괜찮았다.

미국 진출과 함께 프랑스 시장까지 모두 석권하기에는 스카이 포레스트의 생산량이 크게 부족했으니까.

차준후는 미국에 이어, 유럽에는 어떻게 진출해야 할지 고심하기 시작했다.

* * *

"덴마크와 낙농산업 2차 차관에 대한 협의를 완료했습니다."

차준후가 상공부 산업 정책국 부국장 홍종오에게 덴마크 대사와의 이야기를 전달했다.

스카이 포레스트와 차준후가 주관하고 있는 낙농산업이었는데, 국가의 지대한 관심과 지원을 받고 있었기에 전달보고는 필수였다.

- 미국을 비롯한 다른 나라들에서 관심을 가지고 있다 보니 덴마크가 빠르게 움직였군요. 차관 규모는 어느 정도입니까?

"200만 달러입니다. 필요하다고 판단될 경우, 3차 차관을 추가로 진행하기로 의견을 모았습니다."

- 정말 대단하십니다.

홍종오가 불모지나 다름없는 대한민국의 낙농산업을 빠르게 진흥시키는 차준후에게 진심으로 감탄했다.

누가 하느냐에 따라 다른 결과가 나온다는 걸 절실하게 깨달았다.

해외 차관을 빌려 오는 것도 어려웠지만 사업을 해 나가면서 오차를 조정하며 성공한다는 건 대단한 사업 감각과 식견이 필요하다.

누구라도 대한민국에서 차준후만큼 빠른 속도로 낙농산업을 발전시키는 건 불가능하리라!

- 스카이 포레스트와 차준후 사장님이 낙농산업을 맡은 건 대한민국에 엄청난 행운입니다.

"부국장님처럼 좋은 사람들이 적극적으로 도와주신 덕분입니다."

- 그렇게 말씀해 주시니 고맙습니다. 그런데 덴마크 2차 차관은 어떻게 진행하실 계획이십니까?

"1차 차관과 비슷하게 진행하려고 합니다."

목장을 확장하고, 공장 확장과 시설 현대화, 냉장시스템을 구축하는 등 추가 자금 200만 달러를 사용할 곳이 많았다.

- 지방까지 낙농사업을 확장하실 계획은 없으십니까?

스카이 포레스트에서 진행하고 있는 낙농사업은 정부에서도 지대한 관심을 쏟고 있었다.

정부는 크게 분류하면 중앙과 지방으로 나뉜다.

서울과 경기도 일대에서만 진행되는 낙농산업에 대해 지방들이 문제를 제기했다.

공식적으로는 20%이지만 실제로는 40%에 육박하는 실업자들과 쓰지 않고 놀고 있는 척박한 불모지들을 기름지게 만들기 위해서는 지방에도 축산업이 절실하게 필요했다.

해외 2차 차관 이야기가 솔솔 정치권에 흘러나오자, 지방에서도 자신들의 지역에 목장을 조성해 달라고 아우성쳤다.

낙농사업에 깊숙하게 관여하고 있는 홍종오에게 지방

인사들이 접근해 왔다.

근래 낙농업 문제로 만난 사람의 숫자만 해도 100명이 넘었다. 앞으로 만나야 할 사람들은 그보다 더욱 많았다.

지방에 낙농업을 유치하려는 사람들이 스카이 포레스트에도 접근을 시도하고 있었지만, 아랫선에서 모조리 잘려 나갔다.

낙농업이 국가적인 성격을 띠고 있지만 엄연히 개인 사업이었다.

주변 사람들의 입감에 전혀 영향을 받지 않는 스카이 포레스트였다.

"200만 달러가 많은 금액은 아니기에 서울과 경기도에 집중할 계획입니다. 넓은 권역 구석구석까지 우유 배급권을 확장시키려면 1,000만 달러도 부족할 거라고 판단됩니다."

- 그건 알고 있지만 지방 입장에서도 스카이 포레스트의 관심을 받고 싶어 합니다.

"낙농사업은 권역별로 발전을 시켜야 한다고 생각합니다. 지방에는 그곳에 어울리는 사업가가 나와야 하지 않겠습니까?"

원래 역사에서도 냉장 시설과 기술, 장비 부족 등으로 인해 지역별로 낙농사업이 발전하게 된다.

- 맞는 이야기입니다. 그런데 지방에서 낙농업을 하겠

다는 사업가들이 한 명도 없습니다. 이 때문에 서울과 경기도를 제외한 지방에서 홀대한다는 주장까지 흘러나오고 있습니다. 만약에 지방에서 목장을 운영할 생각이 있다면 전폭적인 지원을 아끼지 않겠습니다.

국민의 70%가 농업에 종사하고 있는 1960년대 낙농사업의 파급력은 엄청났다.

분뇨를 토대로 목장에서 만든 퇴비가 서울과 경기도 농사에 큰 도움이 될 거라는 소문이 벌써부터 농부들 사이에 떠돌았다.

SF목장에서는 농부들에게 퇴비를 공짜로 나눠 주고 있었는데, 가을걷이를 끝마친 농지에 퇴비를 뿌리면 내년도 쌀이 평년보다 훨씬 많은 생산량을 기록할 게 자명했다.

퇴비와 비료가 부족한 1960년대, SF목장 퇴비는 농부들에게 있어 오아시스나 다름없었다.

이 때문에 서울과 경기도 농부만 신경 쓴다고 스카이 포레스트를 욕하는 지방 사람들까지 생겨났다.

그러면서 동시에 자신들이 뽑은 국회의원들을 욕하기도 했다.

2차 낙농차관의 소문이 도는 와중에, 스카이 포레스트의 낙농산업을 자기들 지역으로 끌어오고자 지방 인사들과 국회의원들이 발품을 팔고 돌아다녔다.

낙농산업이 지나치게 잘나가면서 그로 인한 문제가 생겨났다.

"음! 그건 지방의 몫이라고 생각합니다. 스카이 포레스트는 당분간 지방으로 눈을 돌릴 여유가 없습니다."

차준후가 선을 그었다.

지금도 바쁜데 지방까지 출장 나가면서 낙농산업을 키우고 싶지는 않았다.

여기서 정부의 입장을 헤아린다며 오지랖을 떨었다가는 그야말로 일거리 폭탄에 내몰리게 된다.

'무엇보다 스카이 포레스트는 화장품 회사지, 우유 회사가 아니니까.'

막대한 자금과 함께 한동안 적자가 나오는 사업에 누가 나설 수 있을까?

정치권 인사들이 지방 출신 사업가들에게 접근해서 낙농사업에 진출해 달라고 이야기했지만, 하나같이 고사하고 있는 실정이었다.

막대한 달러 자금과 함께 현대식 설비가 필요한 목장과 공장을 짓는 것은 대단히 어렵고 위험한 일임에 분명했다.

스카이 포레스트가 낙농산업에 진출할 때 장기적인 관점에서 이상적이기는 하나 낙후된 현실을 감안할 때 대단히 무모한 계획이라는 비관적 평가들이 대부분이었다.

화장품 업계의 성과에 들뜬 스카이 포레스트가 낙농업에 진출하여 망할 거라는 막말이 공공연히 경영계에 나돌았다.

경영계에서는 낙농업의 성공으로 나아가는 걸 대단히 이례적인 일로 평가했다.

그리고 그 성공의 비밀을 파헤쳤다.

'차준후가 있기에 가능한 일이다.'

'천재가 없었다면 스카이 포레스트는 무너졌을 것이다.'

'천재를 따라 하다가는 가랑이가 찢어지고야 만다.'

스카이 포레스트를 이끄는 차준후가 있기 때문에 낙농산업이 성공했다는 의견이 지배적이었다.

현재 대한민국에서 위험을 무릅쓰고 낙농산업을 펼칠 사람은 오직 차준후뿐이다.

그렇기에 정부와 지방의 유력한 정치인들과 유지들이 낙농업에 관련되어서 차준후에게만 목을 맬 수밖에 없었다.

- 아직 여력이 안 되는 것이군요. 스카이 포레스트의 사정을 충분히 이해하고 있습니다. 늦게라도 지방에 스카이 포레스트의 목장이 지어지기만을 바랄 뿐입니다.

말과는 달리 홍종오의 목소리에 살짝 힘이 빠졌다.

앞으로 상당 기간 동안 사람들로부터 시달릴 걸 생각한 탓이다.

"차후에 생각해 볼 문제입니다."

차준후가 대답했다.

지금 당장 약속해서 코 꿰이지 않고, 그때 상황을 봐서 판단하겠다는 뜻을 분명하게 밝혔다.

제5장.
우선 협상 대상 기업

우선 협상 대상 기업

"요즘 SF-NO.1 밀크의 해외 진출 상황은 어떻습니까?"

입 밖으로 말을 꺼내면 절대 생각을 변경하지 않는 차준후의 성격을 잘 아는 홍종오가 말머리를 돌려 버렸다.

"미국 캄벨 무역 회사에서 70만 달러의 SF-NO.1 밀크 주문을 받았습니다."

차준후가 티에리 캄벨의 이야기를 툭 던졌다.

- 70만 달러라고요? 정말 놀라운 금액입니다.

전화기 너머 놀란 홍종오의 반응이 고스란히 전해져 왔다.

대한민국의 화장품 수출 역사가 전무했다.

국내 시장에서 큰 호응을 얻고 있다는 건 알았지만 그래도 갑작스럽게 70만 달러를 수출한다는 이야기는 한

마디로 뜬금없었다.

만약 잘 모르는 사람이 말했다면 홍종오는 헛소리로 치부했을지도 몰랐다.

지금까지 모든 기업체를 통틀어서 사기업이 10만 달러 이상 수출한 역사가 없었다.

10만 달러도 아니고, 갑작스럽게 70만 달러라니!

대단한 호응과 반향을 불러일으키고 있는 스카이 포레스트가 단번에 70만 달러라는 대한민국 수출 역사에서 기록적인 신화를 만들어 버렸다.

"캄벨 무역 회사라는 곳이 어떤 곳인지 몰라서 아직 수출에 대해 확답은 하지 않았습니다."

차준후는 솔직히 티에리 캄벨에게 들은 내용 외에 캄벨 무역 회사에 대해 아는 게 없었다.

수출입을 도와주는 대한무역진흥공사인 코트라가 있는 시기도 아니었기에 개인 기업이 해당 사안을 직접 조사해야만 한다.

사실상 사람이 미국으로 날아가지 않는 이상 알아볼 방도도 없었다.

어디서부터 조사를 해야 할지 감조차 잡지 못한 상태였다.

차준후는 김운보 변호사나 해외무역부의 직원을 미국으로 파견해야 하는지 고민하고 있었다.

- 상공부에서 알아봐 드리죠. 상공부와 외교부를 총동원해서라도 캄벨 무역 회사를 샅샅이 조사해서 조사 보고서를 사장님 책상 위에 가져다드리겠습니다.

자발적으로 전폭적인 지원을 하겠다고 말할 정도로 홍종오의 반응이 뜨거웠다.

- 70만 달러의 수출은 스카이 포레스트의 쾌거이자 대한민국의 경사입니다. 미적거릴 일이 아닙니다.

쇠뿔도 단숨에 빼랬다고 곧바로 성사시켜야만 했다.

스카이 포레스트가 해결해야 하는 일임에도 불구하고 홍종오가 더 극성이었다.

그는 혁신적이면서 품질 좋은 화장품 대규모 수출이 사기업의 일이 아니라 진심으로 국가 전체의 경사라고 여겼다.

"아직 수출에 대한 계획은 정해지지 않았습니다. 캄벨 무역 회사를 거쳐서 수출할지 아니면 현지 직영점을 열어서 화장품을 팔지는 고심하고 있습니다."

- 어떤 식으로든 달러를 잔뜩 국내로 벌어 온다는 소리잖습니까?

당장 수출하지 않는 부분이 의아한 홍종오였지만 구태여 말하지 않았다.

천재인 차준후가 어련히 알아서 할까.

세계 최초 안티 에이징 화장품을 스카이 포레스트만의

방식으로 미국에서 판매할 것이 분명했다.

"그건 맞습니다."

차준후는 미국 시장에 성공적으로 진입하기까지 철저한 준비가 필요하다고 내다봤다.

궁극적으로 이런 준비가 스카이 포레스트의 성장을 더욱 가속화시킬 게 분명했다.

적합한 파트너를 물색해 함께 현지화 작업을 하면서 해외 진출을 도모하는 편이 좋았다.

- 수출만 가능하면 됩니다. 혹시라도 정부의 도움이 필요한 일이 있습니까?

홍종오는 사방팔방 뛰어다닐 준비가 되어 있었다.

적극적으로 스카이 포레스트의 수출에 도움을 주려 하고 있었는데, 이게 다 공무원의 성과로 이어진다.

국장 승진을 두고 그는 동기를 비롯한 선후배 서너 명과 경쟁하고 있었다.

치열한 경쟁에서 약간 밀린 형국이었는데, 차준후와의 만남 이후로 가장 선두로 치고 올라섰다.

스카이 포레스트의 낙농산업은 홍종오의 업적으로 이어졌다. 만약 이번 화장품 수출까지 성사되면 국장 승진은 따 놓은 당상이었다.

차준후와 함께하는 일을 늘려감으로써 성과를 쌓을 수 있으니 즐겁게 일할 수 있었다.

"조사를 원하는 미국 무역 회사와 기업들이 모두 일곱 곳이 있습니다. 업체들에 대해 알아야 협상을 진행할 수 있습니다. 그러니 조사가 협상을 위한 준비 과정이라고 생각해 주십시오."

차준후가 홍종오가 원하는 일거리를 추가로 잔뜩 던져 줬다.

미국 진출 기회를 이야기한 곳은 캄벨 무역 회사만 있는 것이 아니다.

그간 스카이 포레스트에게 진지한 제안을 내민 곳이 수십 곳이었고, 그 가운데 좋다고 판단된 라이나 종합 무역 상사, 코스모스 유통사 등 모두 일곱이었다.

- 일곱 기업 모두를 철저하게 조사해 드리죠. 직접 기업을 찾아가서 재무제표를 알아보고, 기업의 역사 등을 파악하면 되겠습니까?

홍종오가 적극적으로 달려들었다.

제안을 해 온 기업들에 대한 궁금한 부분을 제대로 알아봐 준다니, 차준후 입장에서 무척 고마운 일이었다.

"노사 관계와 이익 배분 등 기업 안팎으로 불협화음이 있는지도 중점적으로 알아봐 주셨으면 합니다. 문제가 많은 기업은 거를 생각입니다."

문제 있는 기업과의 거래는 애당초부터 하지 않는 편이 좋았다.

혹시라도 발목을 잡히면 골치 아팠다.

 돌다리로 두들기며 건너간다는 심정으로 거래처를 신중하게 선택하려고 했다.

 차준후는 한동안 전화기를 붙잡고 홍종오와 미국 기업들에 대해서 의논했다.

 "적극적인 도움에 감사드립니다."

 귀찮고 번거로운 조사 과정을 대한민국 정부와 친절한 공무원 덕분에 쉽게 넘어가게 됐다.

 - 도울 수 있어서 제가 감사를 드려야 하겠지요. 모두 스카이 포레스트와 사장님께서 타사와 비교할 수 없는 놀라운 화장품을 개발해 냈기 때문에 가능한 일입니다.

 스카이 포레스트의 기술력과 품질은 국내 다른 화장품 회사와 비교할 수 없었다.

 해외 유명한 화장품 기업들도 SF-NO.1 밀크와 같은 화장품을 만들어 내지 못한다.

 어떻게든 모방하기 위해 화장품 기업들이 노력하고 있지만 아직까지 유사한 상품이 나오지 않았다.

 - 다른 도움이 필요하면 언제든지 연락을 주십시오.

 "필요한 일이 있으면 다시 귀찮게 연락을 드리겠습니다."

 - 이런 일이라면 언제든지 환영입니다.

 전화기를 타고 홍종오의 웃음소리가 들려왔다.

"이만 끊겠습니다."

차준후가 전화기를 내려놓았다.

다른 공무원들에게서는 찾아보기 힘든 적극적인 태도였다.

열심히 일하면서 똑똑하고 성실한 홍종오는 필요할 때마다 적지 않은 도움을 주고 있었다.

"고마운 사람이야."

차준후가 홍종오를 떠올리면서 웃었다.

사회 전체가 혼란스러운 상황이기 때문에 한탕주의가 만연했다.

공무원들이라고 해서 예외가 아니었다.

오히려 저번 특허를 빼돌린 경우처럼 부정부패한 공무원들이 늘어나는 실정이었다.

문제가 많은 공무원들을 만나면 서류 승인이나 허가를 받기까지 상당한 시간과 자금 등이 소모된다.

"나중에 홍종오 부국장과 좋은 곳에서 식사나 함께해야겠다."

차준후가 식사 자리에서 고마움을 표현할 생각이었다.

일 잘하는 높은 신분의 상공부 공무원을 알고 있는 건 커다란 자산이었다.

물론 사업을 잘하는 천재 차준후 사장을 알고 있는 홍종오에게도 마찬가지였다.

* * *

「스카이 포레스트! 미국에서 70만 달러 선주문을 받았다!」
「SF-NO.1 밀크. 미국 수출 성사 임박!」
「미국인들이 사랑하는 대한민국 화장품!」
「화장품 수출의 금자탑을 쌓고 있는 스카이 포레스트!」
「스카이 포레스트의 차준후 사장. 대한민국 최고의 일등 신랑감으로 뽑혔다!」

상공부를 통해 알려진 스카이 포레스트의 수출 이야기가 신문에 대서특필됐다.
오늘도 대한민국은 스카이 포레스트 때문에 시끄러웠다.
"이야! 이제는 놀랍지도 않네."
"그래? 난 볼 때마다 놀랍더라고. 우리 대한민국에 스카이 포레스트와 같은 기업이 있다는 사실이 기적이잖아."
가판대에서 신문을 사서 읽는 두 명의 남자가 대화를 나누고 있었다.
"그렇기는 하지. 그런데 워낙 자주 이야기가 나오니까 하늘숲이 하늘숲답게 했구나 싶은 거야."

"아! 그런 의미였어."

"그래. 하늘숲은 말 그대로 하늘에 있는 기업이야. 땅바닥에 박혀 있는 일반 기업들과는 다르다고."

"맞는 말이다. 영어로 회사 이름을 정해서 처음에는 별로라고 생각했는데, 지금 상황을 살펴보니 이름을 참 잘 지었어."

"선견지명이 있었던 거지. 다른 사람들은 다 불가능하다고 이야기하는데, 홀로 해외 수출을 하겠다고 영어로 회사 이름을 정해 버렸잖아."

"차준후는 정말 대단한 사람이야."

"다른 공장들은 사람을 갈아 가면서 일을 시키는데, 스카이 포레스트에서 일하는 직원들은 그야말로 천국에서 생활한다고 하더라. 기업주들이 쓸데없는 복지 혜택이라며 지청구를 주는데도 불구하고 눈썹 하나 까딱하지 않는다고 해서 놀랐다."

"론도그룹 회장과 한판 붙어서 이겼다고 들었어."

"이건 소문인데 성삼그룹과도 싸웠다고 하더라."

"뭐? 설탕을 만드는 그 잘나가는 성삼그룹과 싸웠다는 말이 사실이야?"

대한민국 사람들 가운데 성삼의 물건을 사용하지 않는 사람들을 찾아보기 힘들었다. 성삼 공장에서 생산된 설탕과 밀가루는 한국인들의 주방에 항상 비치되어 있었다.

성삼물산을 세워 무역업으로 자본을 축적한 이철병 회장은 제조업 진출을 고민하다가 제당 분야로 진출했고, 성삼그룹의 모태인 최고제당을 설립했다.

미국의 원조로 국내에 대량 보급되고 있던 원당 액체를 설탕으로 가공해서 생산했는데, 이것이 최고의 선택으로 이어졌다.

설탕 생산은 고도의 기술이 필요하지 않았고, 1953년 11월 5일 부산 전포동 공장에서 순백의 설탕이 쏟아져 나왔다.

당시 수입 설탕이 1근당 300환이었고, 최고제당의 가격은 1근당 100환이었다. 품질 면에서는 수입 설탕에 못 미쳤지만, 가격적인 면에서 워낙 강점이 있었다.

상대적으로 매우 저렴한 최고제당의 설탕은 날개 돋친 듯 팔렸고, 이는 성삼그룹의 모태가 되기에 충분한 자금이었다.

1953년 2,000만 환으로 시작한 최고제당은 1955년 20억 환의 자본금을 적립했다.

짧은 기간에 무려 재무적으로 100배나 성장한 것이다.

제당 산업에서 일인자의 위치를 선점한 성삼그룹은 호황기로 접어든 밀가루 시장, 제분업까지 진출했다.

성삼그룹은 제당과 제분업으로 그룹의 기반을 확고하게 다졌다.

성삼그룹은 대현그룹과 함께 대한민국 최고의 기업이라고 손꼽히고 있었다.

"공사 현장에서 근무하는 친구에게 들은 말이야. 성삼그룹에서 새롭게 설립한 성삼전기가 하늘숲 공사 현장에서 퇴출됐다고 하더라고."

"그럼 성삼전기에서 가만히 있지 않을 텐데 걱정이다. 그쪽 심기를 거슬렀다가 피 본 기업들이 많잖아?"

"피를 본 쪽은 하늘숲이 아니라 성삼그룹 같더라고. 오히려 성삼그룹에서 쉬쉬하면서 넘어가는 분위기라고 했어."

"와! 정말 대단하다. 스카이 포레스트는 마음에 들지 않으면 그냥 막 들이박는구나."

"업계에서 건드리면 물어 버리는 사나운 개라는 소문이 돌고 있다고 하더라."

"가난한 근로자들을 챙겨 주면서 잘나가는 기업들과는 싸우다니. 차준후 사장도 성격이 참 유별난 편이다."

"그래서 별로야?"

"아니지. 그래서 좋다는 이야기야. 성공한 기업가들 중에서 근로자들을 착실하게 챙겨 주는 사람이 얼마나 있냐? 난 다른 건 몰라도 스카이 포레스트에서 직원들 배불리 먹여 준다는 사실에 감탄했다."

"점심과 간식 제공, 누구나 편안하게 이용할 수 있는

탕비실 이야기를 듣고 스카이 포레스트에 취직하고 싶다고 생각했다."

"너희 회사에 탕비실 있잖아?"

"일반 근로자는 사장실 근처에 있는 탕비실 이용할 수 없어. 만약 사용했다가는 곧바로 한 소리 듣는다고, 최악의 경우 자린고비 사장에게 해고당할 수도 있을 거야."

"아! 스카이 포레스트에서 일하고 싶다."

두 명의 남자들처럼 가판대 근처에서 사람들이 삼삼오오 모여 스카이 포레스트와 차준후에 대한 이야기꽃을 피웠다.

70만 달러 화장품 수출!

대한민국을 들썩거리게 만든 놀라운 소식이었다.

믿기 어려워서 거짓이라고 생각할 수도 있었는데, 스카이 포레스트의 소식이었기에 사람들이 당연히 가능하다고 여겼다.

어느새 스카이 포레스트는 성삼그룹과 대현그룹을 제치고 한국인들에게 최고의 대한민국 기업이라고 각인됐다.

* * *

친밀한 미소를 띤 티에리 캄벨이 종운지의 안내를 받으며 다시 한번 스카이 포레스트 사장실을 방문했다.

"잘 지내셨어요? 여기 아이스 아메리카노가 얼마나 그리웠는지 몰라요."

허리까지 찰랑거리는 금발에 몸에 꼭 맞는 스커트를 입고 등장한 그녀는 무척 매력적이었다.

서양 미녀의 아름다움을 한껏 뽐내고 있었다.

"바쁘게 잘 지내고 있습니다. 국내에 계속 머무르고 계신지는 몰랐습니다. 앉으세요. 운지 씨, 여기 아이스 아메리카노 두 잔 부탁해요."

차준후가 소파에 티에리와 마주하고 앉으면서 말했다.

"알겠어요."

종운지가 비서실에 비치된 탕비실에서 곧바로 아이스 아메리카노를 타서 가지고 왔다.

"고마워요. 잘 마실게요."

티에리 캄벨의 말을 알아들은 종운지가 웃으며 영어로 화답했다.

"천만에요. 제가 해야 하는 일인 걸요."

그녀는 퇴근 후 영어 학원에서 밤늦게까지 공부하였고, 이제는 간단한 영어 회화를 할 수 있게 됐다. 자신감 넘치는 걸음걸이로 사장실을 나갔다.

"스카이 포레스트와의 일을 마무리하기 전에는 귀국하지 않으려고요."

티에리 캄벨이 다부진 각오를 드러냈다.

이번이 캄벨 무역 회사가 비상할 수 있는 절호의 기회라고 봤다.

"대단한 열정입니다."

차준후가 티에리 캄벨의 열정을 인정했다.

낯선 타국에서 언제 나올지 모를 스카이 포레스트의 결정을 기다린다는 건 무척 불편한 일이었다.

"우선 사과부터 드릴게요."

"무슨 잘못이라도 했나요?"

"동생이 차준후 사장님의 동향을 살피고 있더라고요. 상공부에서 조사한 캄벨 무역 회사를 비롯한 미국 기업들 보고가 스카이 포레스트에 올라갔을 거라는 이야기를 전해 들었어요."

나오미의 이야기를 듣고 차준후와 약속을 잡고 방문한 티에리였다.

"정보부대에서 근무하는 군인으로서 당연한 일 아니겠습니까?"

차준후가 대수롭지 않게 여겼다.

산업 스파이들이 넘쳐 나고, 돈에 회유되어 회사 기밀을 팔아먹는 배신자들이 판치는 21세기에서 왔다.

21세기에는 아주 평범한 일이었고, 회사의 중요한 정보를 지키지 못하는 쪽에서 문제가 많다는 시각도 존재한다.

정보 누출은 나오미 캄벨의 독단적인 판단이 아니라 상위부서에서 차준후와 스카이 포레스트에 대한 정보를 미국 업체들에게 의도적으로 흘린 것이었다.

미국 업체들과의 협업을 통해 자유와 거대한 시장 그리고 풍부한 자금 등이 주는 유혹에 빠져들게 하기 위함이었다.

나오미 캄벨을 비롯한 미국 정보단체는 아직 차준후의 미국 귀화와 이민을 포기하지 않았다.

오히려 더욱 적극적이면서 은밀하게 천재에 대한 작업을 진행하고 있었다.

"동생은 군인이어서 괜찮을지 몰라도 민간인인 제가 개인의 정보를 사적으로 이용한 건 잘못이라고 생각해요. 다음부터는 이런 일이 없도록 할게요."

그녀는 스카이 포레스트와 거래를 하고 싶었지만 불법적인 영역까지 넘어서는 건 결코 원하지 않았다.

정보 주체인 차준후의 동의가 없다는 점을 알면서도 개인정보를 받아 사용한 건 자유 정서를 해치는 일이었다.

미국이라면 재판에 넘겨질 수도 있는 심각한 문제였다.

이번 건은 그녀와 동생의 명백한 잘못이었다.

꺼내지 않으면 모르고 넘어갈 수 있는 문제를 깔끔하게 사과하여 마음의 짐을 덜어 내리려고 했다.

사업이 어떻게 될지 모르지만 캄벨 무역 회사는 차준후의 비위를 거스를 때가 아니었다.

'순수한 사람이네.'

티에리 캄벨을 바라보는 차준후의 눈에 호감이 어렸다.

가볍게 넘어갈 수 있는 일을 진심으로 사과하는 모습이 보기 좋았다.

"그 잘못을 용서하겠습니다."

차준후가 티에리 캄벨의 태도가 마음에 들었다.

순수하면서 정열적인 사업 방식이 스카이 포레스트와 잘 맞는다고 느꼈다.

"마음의 짐을 내려놓으니 홀가분하네요."

그녀가 환하게 웃으며 커피를 한 모금 마셨다.

"그동안 여러 미국 업체들의 제안을 면밀히 살펴보았습니다."

차준후의 이야기에 티에리 캄벨이 잔뜩 긴장했다.

어떤 이야기가 나올까?

만약 다른 업체가 선정된다면 그녀는 무척이나 슬퍼질 것 같았다.

"캄벨 무역 회사를 우선 협상 대상 기업으로 선정하기로 했습니다. 캄벨 무역 회사는 좀 더 자세한 정보를 주셔야만 합니다."

차준후는 상공부에서 전해 준 보고서를 통해 캄벨 무역

회사를 우선 협상 대상 기업으로 선택했다.

우선 협상 대상 기업은 여러 응찰업체 가운데 가장 유리한 조건을 제시해 1차로 추려진 업체를 말한다.

우선 협상 대상 기업으로 선정되면 일정기간 동안 우선적으로 협상에 임할 수 있는 권리가 생긴다.

미국 진출을 위한 우선 협상 파트너라고 할까?

미국 현지에 가서 캄벨 무역 회사를 답사할 필요성을 느꼈다.

우선 협상에서 캄벨 무역 회사와 최종 협의가 이뤄지지 않을 경우, 예비 협상 대상 기업과 추가 협상을 진행하게 될 예정이다.

"꺄아악! 정말 고마워요. 결코 실망시켜 드리지 않을게요."

티에리 캄벨이 환호성을 내질렀다.

"캄벨 무역 회사에 스카이 포레스트의 직원이 방문해도 괜찮나요? 선발대가 먼저 찾아가서 현지답사를 할 겁니다."

처음으로 수출을 문의해 왔던 캄벨 무역 회사는 상대적으로 다른 미국 기업들보다 규모가 작기는 했지만 신뢰를 가질 만했다.

그리고 작다는 게 항상 단점으로 작용하는 건 아니다.

작은 규모이기에 창업 초기의 스카이 포레스트와 어울

리는 면이 있었고, 차준후의 의견을 최대한 존중한다는 측면도 이번 선정 이유 가운데 하나였다.

"가능해요. 사장님이 직접 찾아오시면 더욱 좋고요."

"선발대가 캄벨 무역 회사와 업무를 해 나가면, 차후에 제가 직접 방문할 겁니다."

차준후는 이것이 최선이라고 판단했다.

선발대와 캄벨 무역 회사의 협상과 업무를 지켜보면서 미국에서 뿌리를 내릴 생각이었다.

이른바 조직 체계 구성이다.

분야를 가리지 않고 탄탄한 조직 체계야말로 회사를 떠받치는 기둥으로 작용한다.

기초를 튼튼하게 만들려는 차준후였지만 걸림돌로 작용하는 가장 큰 문제는 국내의 외화를 사용할 수 없다는 점이었다.

미국 법인 회사의 튼튼한 기본을 만들기 위해서는 달러가 필요했다.

상공부에 문의했지만, 정치권의 혼란 때문에 여전히 외화 사용은 불가능하다고 했다.

외화를 반출하기 위해서는 책임자의 허락이 필요했는데, 그 책임자가 없었다.

차준후는 결국 1달러도 없이 미국 진출을 일으켜야 하는 난감한 처지였다.

총알 없이 전쟁에 나가라는 형국과 유사하다.

달러가 있으면 미국 진출이 보다 수월해지겠지만 애당초 달러 지원을 기대하지조차 않았다.

이가 없으면 잇몸이라고!

덴마크 해외차관의 경우처럼 국내에 없는 달러를 외부에서 수혈해 오면 그만이었다.

"지금 당장 70만 달러, 추가적으로 100만 달러를 더 투입할 수 있어요. 이 돈이면 미국에 스카이 포레스트의 진출을 보다 앞당길 수 있겠죠."

티에리 캄벨은 스카이 포레스트의 미국 진출에 시간이 걸린다는 사실을 잘 알았다.

하지만 막대한 돈을 투자하면 그 시간을 단축할 수 있다.

미국 시장에서 엄청난 주목을 받고 있었고, 방송 매체를 비롯한 언론에서도 비중 있게 SF-NO.1 밀크와 스카이 포레스트를 다루면서 집중 조명하고 있었다.

스카이 포레스트는 화장품 업계에 새로운 물결을 일으킬 거라는 기대감을 한 몸에 받았다.

이목이 집중되고 화젯거리가 될 때 시장에 진입해야 여러모로 유리하다.

결국 최대한 시간을 줄이는 게 스카이 포레스트와 캄벨 무역 회사의 이익으로 이어진다.

그녀는 필요하다면 은행에서 100만 달러라는 거액을 대출해 가면서까지 승부를 볼 작정이었다.

"지금은 앞으로 빠르게 나아갈 때라는 사실에 동의합니다."

차준후는 캄벨 무역 회사에게서 상당한 외부 투자를 받지 않고서는 미국에 원하는 만큼 빠르고 성대하게 진행할 수 없다는 걸 알았다.

스카에 포레스트에 필요한 건 상당한 액수의 달러였고, 캄벨 무역 회사에 필요한 건 SF-NO.1 밀크였다.

두 회사의 이해관계가 정확하게 맞아떨어진다.

아직 확정되지는 않았지만 회사끼리 협력해 가면서 사업을 풀어 나가야만 한다.

"지금 미국의 화장품 회사들이 SF-NO.1 밀크를 연구한다는 사실은 알고 계시죠? 시간이 늦어지면 다른 안티 에이징 화장품이 출시될 수도 있어요."

생각만 해도 끔찍한 일인지 티에리 캄벨이 몸을 떨었다.

다른 안티 에이징 화장품의 출현은 막대한 투자금을 허공으로 날아가게 만들 수도 있었다.

"그건 사소한 문제가 될지는 몰라도 중대하지는 않습니다."

"사소하다고요?"

"SF-NO.1 밀크보다 뛰어난 기능성 화장품을 출시하면 됩니다. 등 뒤까지 따라오면 성큼 나아가서 거리를 벌리면 그만이지요."

"설마 그 말은?"

"네! 저번에 방송에서 인터뷰한 것처럼 새로운 안티 에이징 화장품은 이미 준비되어 있습니다."

"아!"

티에리 캄벨의 눈에 갑자기 차준후가 빛나는 것처럼 보였다.

그저 자신감에 찬 이야기인 줄만 알았는데, 정말로 후발 주자들에게 초격차를 제대로 보여 줄 생각이었다.

다른 화장품 기업들은 안티 에이징 화장품에 대한 기초조차 잡지 못해서 기어다니고 있는데, 천재인 차준후는 홀로 하늘을 날아다녔다.

"신제품은 언제 출시할 생각인가요?"

"후발 주자들이 힘내서 쫓아왔을 때 세상에 선보이려고 합니다."

"……정말 무서운 이야기네요. 제가 경쟁 업체였다면 소름이 돋았을 것 같아요."

"복제품과 비슷한 화장품을 내놓는 후발 주자들을 제가 배려해 줄 이유는 없지요."

티에리 캄벨이 차준후의 경쟁업체 피 말리기 계획을 알

아차렸다.

경쟁하는 업체들을 결코 편안하게 놔두는 성격이 아니었다.

'이 사람과는 절대 다른 노선을 타면 안 돼.'

그녀는 차준후와의 동업에서 결코 허튼 생각을 하지 말아야겠다고 굳게 다짐했다.

눈앞의 훤칠한 인간이 천재라는 사실을 새삼 느꼈다. 자신의 언행이 천재의 비위를 건드려서 불쾌하게 만들지 않도록 더욱 각별히 조심하였다.

협상이 완료되면 170만 달러라는 미국 투자금을 받을 수 있게 된 차준후였다.

외화가 없었던 스카이 포레스트에 직영점을 열고, 미국 현지 직원을 고용하고 훈련시킬 수 있는 자금이 생겨났다.

이 일은 캄벨 무역 회사가 아닌 다른 미국 기업을 선택해도 받을 수 있는 조건이었다.

"미국 최초의 직영점은 로스앤젤레스에 개설할 계획입니다. 선발대와 함께 적당한 직영점 장소를 물색해 주세요."

차준후가 최초 직영점 위치를 미국 최고의 도시인 뉴욕이 아닌 로스앤젤레스를 선택했다.

왜?

로스앤젤레스에 한인이 많이 살고 있기 때문이다.

오대양 창업주가 미국 진출 당시 로스앤젤레스에 직영점을 개설했고, 이때 한인 사회에서 소식을 듣고 달려온 한인들이 많이 눈물을 흘렸었다.

1960년대 로스앤젤레스에 개설되는 대한민국 화장품 회사의 직영점은 한인들에게 커다란 자부심을 줄 수 있다.

차준후가 로스앤젤레스를 선택한 건 한인들에게 줄 수 있는 커다란 자부심과 함께 여러 기회를 제공하기 위함이었다.

"가장 번화한 거리의 건물 1층을 임대할게요."

"적당한 유동 인구는 필요하겠지만 무조건 그렇게 할 필요는 없습니다."

"네?"

"미국에서도 서울로 사람들이 화장품을 구매하기 위해서 달려옵니다. 스카이 포레스트 직영점이 열리는 거리는 최고 번화한 곳보다 더욱 유명해질 겁니다."

손님들이 오게 만들면 그만이다.

자신감이 하늘을 찌르는 천재였다.

"알겠어요. 그래도 같은 조건이라면 최고의 번화가나 장소가 가장 좋지 않을까요?"

"물론입니다."

"로스앤젤레스의 유명한 호텔에 직영점을 열면 좋다고 생각해요. 그러면 전 세계에서 오는 사람들이 모두 SF-NO.1 밀크를 볼 수 있어요. 호텔 건물주와 협상을 해서라도 좋은 방안으로 이끌어 낼게요. 믿고 맡겨 주세요."

로스앤젤레스에서 유명한 호텔 몇 곳을 떠올린 티에리 캄벨이 열정을 불태웠다.

유명한 호텔들은 매장에 명품이 아니면 입점을 시키지 않는다.

스카이 포레스트와 관련된 계약서를 호텔 몇 곳에 문의하면, 콧대 높은 호텔에서 반대로 제발 납품해 달라고 부탁해 올지도 몰랐다.

아니, 그녀는 무조건 그렇게 만들 심산이었다.

SF-NO.1 밀크라는 대단한 화장품을 가지고 호텔 직영점을 열지 못한다는 건 말도 안 됐다.

* * *

"호텔이라! 좋은 생각입니다."

톡톡 튀는 신선한 아이디어였다.

차준후는 호텔에 직영점을 개설한다는 기발한 생각을 미처 하지 못했다.

미국 유명 호텔은 세계에서 오는 손님들로 항상 붐빈다.

"호텔 직영점 개설 전략은 SF-NO.1 밀크와 스카이 포레스트를 세계에 알리는 수 있다는 장점이 있어요. 그러면서 SF-NO.1 밀크의 이미지를 고급화할 수도 있으며, 가격이 비싸다는 여론을 무마시키면서 구매를 유발하는 등 여러 가지 효과를 볼 수 있어요."

"확실히 일반 건물에 직영점을 개설하는 것보다 효과가 크겠습니다."

차준후가 티에리 캄벨의 제안을 높이 평가했다.

'좋아! 이런 식으로 점수를 따면 우선 협상 대상 기업에서 확고한 위치에 올라설 수 있어.'

칭찬받았다는 사실에 티에리 캄벨은 안심이 되었다.

그녀가 대화하면서 유념해야 할 내용들과 앞으로 해야 할 내용들을 수첩에 동글동글한 글씨체로 기록했다.

열정적으로 임하는 그녀에게서 미국 진출에 대한 아이디어가 톡톡 튀어나왔다.

무역업에 오랜 시간 종사한 탓에 남다른 관점을 가지고 있었다.

그녀의 전문적이면서 신선한 아이디어가 좋은 영향을 미치고 있었다.

경청하고 있는 차준후는 많은 걸 배웠다.

"아까 호텔에 직영점을 개설한다고 할 때 떠오른 생각이 하나 있었습니다."

"알려 주세요."

티에리 캄벨이 차준후의 이야기에 눈을 반짝거렸다.

천재의 생각이 무엇일까? 심장이 두근거렸다.

"화장품은 관세가 높게 붙는 상품입니다."

"맞아요. 세금이 상당하죠."

"어느 나라에나 공해나 마찬가지 상태인 관세가 붙지 않는 공간이 있습니다."

"아! 공항을 말씀하시는 거군요."

"바로 알아차리시는군요. 출국 심사를 받고 출발장에 들어서면 공식적으로 해당 국가를 떠난 상태로 인정을 받습니다. 즉, 해당 국가의 세금을 포함한 법규 적용 불가 지역인 셈이죠."

"섀넌 공항에서 처음으로 등장한 면세점! 지금 면세 이야기를 하시려는 거죠?"

세계 처음으로 섀넌 공항에서 면세점이 등장했고, 이 면세 판매 전략은 세계로 확산됐다.

미국에서도 공항 면세점들이 면세를 무기로 삼아 막대한 수입을 올리고 있었다.

"면세점에서 가장 핫한 상품은 술과 담배입니다. 둘 다 세금이 덕지덕지 붙는 상품이지요. 그리고 화장품 역시 관세가 많이 붙는데, 면세점에서 판매하게 되면 어떨 것 같습니까?"

대화가 통하는 상대를 마주한 차준후가 빙그레 웃었다.

"면세점의 핫한 상품이 둘이 아닌 셋이 되겠죠! 사장님은 정말 천재예요."

티에리 캄벨이 탄성을 토해 냈다.

호텔에 직영점을 열겠다는 약간 독특한 생각과 달리 이건 그야말로 감탄할 수밖에 없는 면세 이야기였다.

공항을 오가는 사람들은 기본적으로 부유했고, 그런 사람들에게 면세의 혁신적인 SF-NO.1 밀크 화장품은 그야말로 날개가 돋친 듯이 팔려 나가리라!

"하하하!"

차준후가 티에리 캄벨의 열렬한 반응에 겸연쩍게 웃었다.

천재라고 불릴 때마다 어색했다.

미래의 공항들에서는 공항 면세점들마다 세계의 유명 화장 점포들이 운영되고 있었으니까.

비행기에서 내리면 공항에서 가장 먼저 발견할 수 있는 곳이 바로 화장품 면세점이다.

그냥 보았던 걸 1960년대에 말하는 것만으로 천재로 대접을 받을 수 있었다.

미국 진출을 두고 나누는 두 사람의 진지한 대화로 사장실이 뜨겁게 달아올랐다.

"사장님께서 말씀하신 모든 조치를 취하도록 할게요."

열정적으로 대화하다 보니 두 뺨이 발그레 달아오른 티에리 캄벨이었다.

 항상 냉철하게 거래를 주도하던 그녀였는데.

 이렇게 적극적으로 무언가 쟁취하겠다는 건 단연코 처음이었다.

 "대략적인 미국 진출의 윤곽을 잡았으니, 고생해 주세요. 결과가 나오는 걸 토대로 앞으로 어떻게 진행할지 살펴보며 대처합시다."

 차준후가 웃으며 말했다.

 만약 티에리 캄벨의 협조가 없다면 미국 현지로 날아가서 직접 모든 걸 챙겨야 했을지도 몰랐다.

 사소하지만 꼼꼼하게 파악해야 하는 사안들이 많았는데 솔직히 귀찮았다.

 이런 부분은 아랫사람들로 이뤄진 선발대와 우선 협상 대상 기업인 캄벨 무역 회사의 협조를 구하는 편이 여러모로 편하고 좋았다.

 "고생이라고 생각하지 않아요. 스카이 포레스트의 대행사라는 간판은 엄청난 권위를 캄벨 무역 회사에게 안겨 줄 테니까요."

 그녀가 고개를 들어 뜨거운 눈길로 차준후를 응시했다.

 거래처와 협상하는 걸 즐기는데, 지금까지는 대부분 상

대와 동등한 위치에서 협상하는 편이었다.

그런데 스카이 포레스트를 등에 업은 지금은 상대보다 우월한 위치에서 협상할 수 있게 됐다.

이것이 얼마나 대단한 일인지 잘 알았다.

우선 협상 대상 기업으로 올랐다는 자체만으로 캄벨 무역 회사는 미국에서 이름을 알릴 수 있는 절호의 기회를 잡은 것이다.

"즐겁게 일한다니 다행입니다."

차준후가 스카이 포레스트 중심적으로 일을 진행하고 있었지만, 티에리 캄벨과 캄벨 무역 회사도 얻는 바가 많았다.

"양사 모두 긍정적으로 발전할 수 있도록 최선을 다할게요. 언제쯤 미국으로 오실 생각인지 물어봐도 될까요?"

"미국 현지에서 법인 설립과 직영점 개설 등의 준비를 끝마쳐야 하고, 국내에서 대량 생산할 수 있는 체제를 완비해야 합니다. 윤곽만 잡혀 있는 미국 진출 계획을 선명하게 만들고 난 뒤에 건너갈 생각입니다."

미국에서 얼마나 많은 시간을 보내야 할지 모른다.

상당한 시간이 걸릴 수도 있었기에 국내 환경을 완벽하게 조성해 놓아야만 한다.

자리를 비운 상태에서 론도그룹·성삼그룹과의 다툼이

벌어지면 책임질 수 있는 임원이 없었다.

비상 상황에서 잘나가던 기업도 한순간에 속절없이 무너질 수 있었다.

업무 분담 성격도 있었지만, 컨트롤 타워 역할을 할 책임자를 빠르게 구하는 건 이와 같은 이유도 컸다.

"알겠어요. 미국으로 건너가서 빠르게 준비를 끝마치겠어요."

"그렇게 하는 게 제 미국행의 시간을 앞당기는 길입니다."

차준후가 티에리 캄벨에게 미소를 지어 보이며 말했다.

"다음에 볼 때는 미국 로스앤젤레스에서겠네요. 저는 오늘 미국으로 돌아가서 사장님을 만날 날만 기다리고 있을게요."

그녀가 차준후에게 오른손을 내밀었다.

"좋은 소식 기다리고 있겠습니다. 조심해서 돌아가십시오."

차준후가 그녀와 악수를 나눴다.

부드러운 손길에서 뜨거운 열정이 느껴졌다.

'됐어! 내가 해냈어.'

배부른 고양이 표정의 티에리 캄벨이 보무도 당당하게 사장실에서 나갔다.

너무 행복했다.

자신도 모르게 콧소리를 내면서 발을 내디뎠다.

스카이 포레스트 밖으로 나와서야 조금 정신을 차릴 수가 있었다.

"티에리!"

익숙한 목소리가 들려왔다.

"나오미."

나오미 캠벨이 군용 지프차에 몸을 기대고 서 있었다.

"이야기는 잘 진행됐어?"

"우선 협상 대상 기업으로 선정됐어."

"잘됐네."

"미국으로 돌아가서 해야 할 일이 많아."

"차에 타! 공항까지 태워다 줄게."

"시간 괜찮아?"

"이게 다 정보 조사에 필요한 일이야."

"……네가 해 줬던 이야기 차준후에게 모두 실토했어."

티에리가 약간 경계 어린 눈빛으로 나오미를 바라봤다.

"반응이 어땠는데? 내 생각으로는 자연스럽게 받아들였을 거라고 생각해."

나오미가 웃으면서 지프차에 올라탔다.

조수석 문을 열고 티에리 캠벨이 착석했다.

"애초부터 대수롭지 않게 여기기는 했어. 당연하다는

우선 협상 대상 기업 〈153〉

듯한 반응이었다고 할까?"

"사람들의 이목을 집중시키는 대단한 사람이잖아. 지금 대한민국에서 천재에 대해 관심을 가지고 있는 사람들과 정보단체들이 많아. 가만히 앉아서 멀리 내다보는 천재는 그런 진실을 잘 알고 있으니까, 대수롭지 않게 여기고 있는 거라고 봐."

나오미 캄벨의 말처럼 차준후와 스카이 포레스트의 움직임을 면밀히 관찰하는 경쟁기업이나 정보단체, 국가소속의 공무원 등의 사람들이 늘어나고 있었다.

"천재면 좋다고만 생각했는데, 주변 사람들 때문에 참 불편하게 사는구나."

"높은 위치에 올라서면 좋고 나쁘고를 떠나서 사람들의 관심을 받는 것이 자연스러운 거야. 그게 천재의 운명이자 숙명 가운데 하나이지. 그래서 나 같은 정보원들이 천재 옆에서 기웃거리는 거고."

천재의 움직임은 거대한 파급력을 가지고 있다.

혁신적인 천재와 함께 어울리기 위해서는 항상 눈여겨 봐야만 한다.

잠깐이라도 한눈을 팔았다가는 멀어져서 뒤처질 수밖에 없었다.

차준후와 스카이 포레스트에 대한 정보 제공은 미국의 공익을 위해 사용했기에 미국 정보 단체의 지침에 위반

되지 않는 일이었다.

그녀는 정보장교의 신분으로서 본인의 일을 다 한 것이다.

그러나 이런 주장은 티에리 캄벨에게 받아들여지지 않았다.

"그래. 똑똑한 네 말이 맞겠지. 그래도 천재와 했던 이야기들을 내 입을 통해서 너와 정보단체로 흘러 들어가는 걸 원하지는 않아."

티에리 캄벨이 엄격한 표정을 지어 보였다.

"이런 면에서는 여전히 깐깐하네. 지금 이야기해 주면 내가 도와줄 수도 있다고."

"지금까지 도움이면 충분해. 나머지 일은 캄벨 무역 회사와 스카이 포레스트가 협조해서 잘 진행할 테니까, 걱정은 내버려 둬."

"쳇! 다른 사람들은 도움이 얻지 못해 안달인데, 정말 까탈스럽네."

"그만 칭얼거리고 차나 공항으로 몰아."

"알았어."

허리를 곧추세운 나오미 캄벨이 차에 시동을 걸었다.

부르르릉!

지프차가 시원하게 한가한 도로를 내달렸다.

열린 창문을 통해 시원한 바람이 금발미녀들의 머리카락을 흩날렸다.

우선 협상 대상 기업 〈155〉

"낯선 타국에 와서 어떻게 지내나 걱정했는데, 잘 지내고 있는 것처럼 보여 다행이다."

대학교를 최고 성적으로 졸업한 뒤 군대에 들어선 나오미 캄벨은 벌써 스물일곱 살이었다.

언제나 어리게만 보였던 동생이 이제는 다 큰 성인이자, 주한미군의 정보장교로서 뛰어난 활약을 펼치고 있는 게 정말 근사하고 아름다우며 대견하기까지 했다.

"재미있어. 내게 한국은 더 이상 낯선 나라가 아니야. 제2의 고국이라고 할까? 그런 느낌이야."

"언제 결혼할 생각이니? 엄마는 네게 좋은 남자를 소개시켜 줄 생각이던데?"

"헉! 무슨 말도 안 되는 소리야. 난 아직 결혼 생각이 없어. 그리고 나보다 언니가 먼저 결혼해야 하잖아?"

나오미 캄벨의 얼굴에 당혹감이 어렸다.

얼마나 놀랐는지 잘 움직이고 있던 지프차가 일순간 휘청거릴 정도였다.

"난 만나고 있는 사람이 있으니까."

"둘째 언니는?"

"내년에 결혼식장을 잡을 예정이야. 이제 엄마가 결혼 문제로 신경 써야 할 사람은 너밖에 없어."

"자유연애를 통해 결혼하겠다고 엄마한테 분명하게 말해 줘."

"그런 건 직접 말하는 게 예의 아닐까?"

"예의고 뭐고 난 지금 당장 결혼할 생각이 없어."

그녀의 눈에 차는 남자가 없었다.

정보장교로 근무하면서 만나는 사람들에 대해서 조사하는 게 일이었다.

살피다 보면 하나같이 단점들이 드러났다.

남자에 대해 아무것도 몰랐던 평범하고 조용하던 아가씨는 이제 세상에 없었다.

남자 불신에 걸릴 줄 알았으면 애당초 군대의 정보장교 모집 홍보 포스터에 눈길도 주지 않았을 텐데.

제6장.
시간 강사 문상진

시간 강사 문상진

'차준후 정도라면 괜찮지 않을까?'

불현듯 그녀의 뇌리에 스치고 지나간 상념이었다.

차준후는 조사를 하면 할수록 진국인 사내였다.

여자관계가 깨끗해서 좋았고, 사업에만 집중하는 모습이 매력적이었고, 맛집을 찾아서 돌아다니는 취미는 옆에서 함께하고 싶었다.

다른 여자를 만나는 차준후를 생각하자 살짝 질투심이 밀려왔다.

'차준후를 집에 남자친구로 소개히면 좋겠다.'

엄마가 남자를 소개해 준다는 말에 별별 생각이 다 떠오른 그녀였다.

미인계!

미인계는 예로부터 고전적으로 사용되는 접근법이었다.

상위부서에서 미인계를 사용하는 이야기도 나왔지만 나오미 캄벨이 적극적으로 반대했다.

천재 차준후의 예리한 감각과 냉철한 이성으로 인해 미인계가 발각될 경우 오히려 역효과라는 점을 분명하게 주지시켰다.

그런데 자연스런 만남은 괜찮지 않을까?

나오미 캄벨은 억지스러운 미인계가 아닌 자연스럽게 차준후와 호감을 쌓아나가고 싶었다.

"다음에 귀국해서 엄마랑 잘 상의해 봐."

"알았어. 그러니까 그 이야기는 이제 그만 해. 이상한 생각이 떠올라서 내가 미칠 것 같으니까."

나오미는 자신이 제정신이 아니라고 판단했다.

"무슨 생각인데? 남자 생각?"

"아니야!"

나오미의 목소리가 뾰족해졌다.

"농담이었는데, 정말인가 보네."

"진짜 아니라고."

"흐응! 앞에 보고 제대로 운전이나 해. 비행기 타기 전에 교통사고 나기 싫으니까. 지프차에 중요한 일을 해야 하는 사업가가 타고 있으니까 안전하게 운전하도록."

기어를 쿵 소리가 나도록 세게 바꾸는 등 나오미의 운전이 거칠어졌다.

"그걸 알면 정신 사납게 하지 말고 입 다물고 있어."

한 손으로 금색 머리카락을 쓸어 넘기면서 나오미가 샐쭉거렸다.

사나운 표정을 지으려는 모양인데, 티에리의 눈에는 볼을 부풀린 동생이 귀엽게만 보였다.

"네! 알았으니까 안전운전 부탁해요. 기사님!"

티에리는 매력적이면서 사랑스런 여동생이 어떤 남자친구를 사귈지 무척이나 궁금했다.

이왕이면 차준후와 같은 좋은 성격이면서 천재성을 가진 남자와 사귀었으면 하는 바람이었다.

"운전하는 사람 성질 건드리는 거 아니야."

"알았어. 다음부터는 조심할게."

나오미의 말에 티에리가 동의했다.

냉철한 이성을 되찾은 나오미가 차량을 안전하게 몰았다.

이별을 아쉬워하고 있는 자매가 도란도란 즐거운 이야기를 나눴다. 때때로 지프차 안에서 뾰족한 외침과 행복한 웃음소리가 흘러나왔다.

군용 지프차가 김포공항을 향해 안전하게 질주했다.

* * *

"어서 오십시오. 이야기는 많이 듣고 있습니다."

"스카이 포레스트의 차준후입니다."

차준후가 차분한 표정을 짓고 있는 서른 중반의 호리호리한 사내에게 오른손을 내밀었다.

두꺼운 안경알로 제작된 안경을 끼고 있는 사내는 무척 이지적으로 보였다.

두 사람이 변성우의 소개로 종로의 한 음식점에서 만났다.

"문상진입니다."

"반갑습니다. 정말 만나 뵙고 싶었습니다."

문상진을 드디어 만나게 된 차준후가 웃으며 악수를 나눴다.

오대양을 비상하게 만든 임원!

문상진은 스카이 포레스트에 날개를 달아 줄 핵심 인재이자, 차준후의 업무를 나눠 짊어질 짐꾼이기도 했다.

기필코 고용해야 할 사람이었다.

"세간을 떠들썩하게 만들고 있는 천재 사장님께서 대학교에 강사로 출강 중인 저를 갑작스럽게 만나자고 해서 깜짝 놀랐습니다."

평생 학문을 연마하며 대학교에서 교수로서 시간을 보내고 싶은 게 그의 소망이었다.

몇몇 대학교에 출강하고 있었지만 사실 강사들의 월급이라는 게 너무 부족했다.

늘 박봉에 시달려야 하는 현실 속에서 가족들을 부양하는 게 무척 힘들었다.

그의 월급으로 생활하는 가족들이 모두 일곱 명이었다.

맹목적으로 학문에 집중하고 있을 때, 노부모와 부인 그리고 자식들은 그야말로 가난한 현실에서 고통받았다.

무언가 대책이 필요하다고 절실하게 깨달았다.

강의가 없는 시간을 활용해 살림에 보탬이 되는 일을 찾고 있을 때, 차준후와의 운명적인 만남이 이뤄졌다.

"식사하면서 이야기합시다. 여기 음식이 맛있습니다."

저번에 한 번 방문했던 음식점의 요리가 인상적이었기에 약속 장소로 잡았다.

변성우에게 받은 소개서를 살펴봤었다.

문상진은 일본 동경대학교를 졸업한 재원으로, 연운대학교을 비롯한 서울의 몇몇 대학교에서 강사로 강의를 하고 있었다.

"론도 생활 화장품의 공장장으로 지냈던 이력이 있으시더군요."

"대학교 강사로 출강하기 전에 한 일 년 정도 일했던

적이 있습니다."

문상진은 론도 생활 화장품 공장장으로 지냈던 특이한 이력이 있었다.

론도 생활 화장품 공장은 일본 화장품 회사인 시세삼도의 한국 공장이 이름만 바뀐 것이다.

일본의 대표적인 화장품 회사인 시세삼도는 세계적으로도 명성이 높다.

단순한 화장품 회사가 아니라 전쟁에 깊숙하게 관여하였는데, 일제강점기 시절 시세삼도의 국내 공장에서는 포신을 닦는 크림을 만들기도 했다.

전범 기업인 시세삼도의 크림 제품들이 전쟁에 군용으로 납품됐다.

국내 시세삼도의 공장을 1950년대 론도 생활 화장품이 정부로부터 불하받았고, 이 공장에서 제조가 손쉬운 치약, 비누, 샴푸 등이 만들어져서 내수용으로 시중에 판매됐다.

공장을 정비하는 8만 달러를 정부 협조로 특별 대부받고, 상공 은행으로부터 1,000만 환을 대출받았다.

엄청난 특혜였다.

낡은 기계 설비 일체를 새롭게 일본 시세삼도에 발주해 교체하였고, 정비된 공장에서 한국산 제품들이 쏟아져 나왔다.

설립 당시 1,000만 환이었던 론도 생활 화장품의 자본금이 10억 환으로 증가하는 등 단숨에 론도의 주력 기업으로 부상했다.

국내에서 잘나가고 있는 기업들의 상당수는 론도그룹처럼 불하받은 일제강점기의 공장과 부동산 등으로 자산을 증식했다.

"제가 요즘 펼친 사업들이 많습니다."

"사업들이 순풍에 돛 단 듯 잘나간다고 신문을 통해 알고 있습니다."

"열정적으로 일하는 직원들이 있기에 사업은 나날이 성장하고 있습니다."

"누구보다 사장님의 영향이 큽니다. 직원들은 그저 옆에서 거들 뿐이겠지요."

문상진이 핵심적인 부분을 짚었다.

스카이 포레스트의 성공에는 직원들의 일부 공로도 있겠지만, 모두 차준후로부터 시작되어 끝났다는 사실을 알려 주고 싶었던 것이다.

이 자리에 오기 전에 스카이 포레스트와 차준후에 대해서 심층적으로 조사하고 연구했다.

차준후는 아주 유명했다.

10억 환이 넘는 막대한 자산을 가지고 있으며, 스카이 포레스트를 비롯한 전도유망한 크고 작은 기업들을 거느리고 있었다.

 모든 기업체의 직원만 해도 500명이 넘으며, 화장품을 비롯한 목장, 우유, 유리, 형광등 등 다양한 사업 영역에 진출해 있다.

 한국인들은 다양한 사업을 펼치고 있는 차준후를 매우 자랑스러워했다.

 "저를 높이 평가해 주셔서 감사합니다. 벌여 놓은 사업들 때문에 요즘 매일 9시간 이상 일을 하고 있습니다. 이곳저곳 작업 현장을 직접 뛰어다니느라 바쁩니다."

 "열심히 공부하지 않으면 학업에 성공하지 못하는 것처럼, 몸을 움직여 열심히 하지 않으면 일이 되지 않는 법이지요. 어느 누가 차준후 사장님의 역할을 대신할 수 있겠습니까?"

 천재성도 중요하지만, 문상진이 볼 때, 학업과 사업에서 가장 첫 번째 자질은 바로 근면함이다.

 '근면함은 합격이야.'

 그가 대화를 하면서 차준후를 유심히 살폈다.

 이 자리가 단순한 점심 식사 자리가 아닌 서로의 필요에 의해 만난 면접장이라는 걸 잘 알았다.

 궁핍한 현실로 인해 나온 자리이기는 하지만 급하다고 해서 아무 직장이나 덥석 선택하고 싶지는 않았다.

 섣불리 차준후라는 사람을 상사로 모셨다가 큰 낭패를

볼 수도 있었기 때문이었다.

"스카이 포레스트에 있어 핵심 인재로 활약할 수 있는 사람을 찾고 있습니다. 아직 체계가 제대로 잡히지 않은 조직을 완성시켜 줘야 하며, 기업체들을 하나로 꿰어서 엮을 수 있는 능력을 갖춘 인재여야만 합니다. 당연히 제 역할을 일부 짊어질 수도 있어야 하고요."

차준후는 미래 지식이 뒷받침된다고 해도 탄탄한 체계가 만들어지지 않으면 멀리 갈 수 없다는 걸 잘 알았다.

미래 지식에만 의존하면 예기치 않은 위기에서 한계를 드러내게 된다.

자신의 등장으로 인해 변화하고 있는 1960년대의 환경이 그의 위기감을 자극하기도 했다.

깊은 강이 멀리 흐르듯 변화에 유연하게 대처할 수 있는 준비가 필요하다.

"론도 생활 화장품에서 해 봤던 일이라 잘할 수 있을 것 같습니다."

문상진이 자신감을 드러냈다.

불하받은 시세삼도 공장을 처음 돌릴 때 어려움이 많았다.

그 문제를 일선에서 격렬하게 부딪치며 실질적으로 해결하는 데 중추적인 역할을 한 사람이 바로 문상진이었다.

문제를 해결하기 위해 이른 새벽부터 밤늦게까지 몸이

부서져라 일했다.

 연약한 체력 탓에 하루를 끝내면 온몸이 쑤시고 아파 왔지만, 문제들이 해결될 때마다 커다란 보람을 느꼈다.

 이를 악물면서 열심히 움직였고, 결국 론도 생활 화장품을 탄탄한 기반 위로 올려놓았다.

 "제가 알고 있기로 스카이 포레스트는 사장님이 모든 지분을 가지고 있는 걸로 알고 있습니다. 기업의 흥망이 곧 사장님의 재산의 증가와 손해로 이어진다는 말이기도 하지요."

 "맞습니다."

 "기업의 권한 이양을 어떻게 하실 생각입니까?"

 문상진이 중요하게 생각하고 있는 걸 물었다.

 론도그룹의 창업주 진남호는 네 명의 자식들에게 사업체들을 나눠 주어, 사업을 이어받게 하고 있었다. 권한을 하부로 이양하지 않고, 가족 기업으로 만들어 버렸다.

 문상진은 진남호의 사업적 성과를 대단히 높이 평가했지만, 가족 기업의 경영 방침을 인정할 수는 없었다.

 론도 생활 화장품에서 대단한 성과를 이룩했지만 결국 손에 쥔 건 아무것도 없었다.

 월급만 약간 올라갔을 뿐이었다.

 그의 성과를 제대로 누리는 건 오직 창업주의 혈족들이었다.

대우받지 못한 현실에 실망하였기에 사표를 내고서 대학교 강사로 자리를 바꿨다.

국내 기업은 거의 전부라고 할 정도로 가족들의 경영세습이 이뤄진다.

"많은 사람의 지혜를 모은 집단지성의 힘이 발전의 길을 밝혀 나가는 법입니다. 이는 한 사람이 여러 가지 일을 동시에 처리할 때보다 여러 사람이 하나씩 맡아서 일하는 편이 훨씬 좋을 수밖에 없다는 말이기도 하고요. 저는 아래로의 권력 이양은 반드시 필요하다고 생각하고 있습니다. 그래서 이 자리에 나온 것이기도 하고요."

차준후가 평소 생각하고 있는 기업경영 이념을 확고하게 밝혔다.

"음! 구체적으로 어느 정도의 권력 이양인지 알려 주실 수 있겠습니까?"

문상진이 물었다.

권력을 하부로 이양한다고 해놓고 막상 직접 닥치면 돼지 꼬리만큼 작게 주는 경우가 허다했다.

친인척에게는 엄청난 권력을 주는 행위는 오랜 시간 기업에서 노력한 임원과 근로자들에게 엄청난 허탈감을 안겨 준다.

이런 일이 지금 대한민국의 거의 모든 기업체에서 일어났다.

"단순히 말로만 하면 이해가 쉽게 가지 않을 테니, 제가 금액으로 이야기하겠습니다. 책임을 져야 한다는 조건이 붙겠지만 지금 당장 1,000만 환 정도는 결재를 받지 않고 처리하고 나서 나중에 보고하면 됩니다. 신뢰가 쌓이고, 지위가 올라간다면 1억 환 이상도 가능하겠지요."

"헉! 그런 거금을 독단적으로 이용할 수 있게 해 주신다고요?"

어처구니없는 금액에 문상진이 기겁하고 말았다.

* * *

1,000만 환도 엄청난데, 1억 환이라고!

'론도에서 공장장으로 일할 때는 1만 환도 허락을 받고 써야만 했는데…….'

독단적으로 가질 수 있는 권한 자체가 질적으로 달랐다.

사후 보고를 해야겠지만, 차준후라는 사장의 배포가 남달랐다.

눈앞의 사장을 믿고만 싶었다.

10만 환만 있어도 어렵고 힘든 그의 삶을 바꾸는 게 가능했다.

자신의 돈이 아니라고 하지만 직접 운용할 수 있는 압도적인 액수 앞에서 이지적이던 그의 눈동자가 잠시 풀어지고 말았다.

"이게 제가 보여 줄 수 있는 신임입니다. 이 정도면 권한 이양에 대해서 제대로 보여 준 거 같지만, 신뢰와 능력만 있다면 금액을 더 높일 수도 있습니다."

차준후가 눈으로 보여 줄 수 없는 신임의 수치를 돈이라는 척도를 통해 밝혔다.

모든 걸 움켜잡고서 권한을 행사하려는 창업주들과 달리, 차준후의 경영 방침은 최대한 권한을 이양시키는 거라고 봐도 무방했다.

대기업은 당연히 여러 산업 분야와 수많은 관리 계층이 존재할 수밖에 없는 구조인데, 모든 일을 홀로 책임지려면 정말 앓느니 죽는 상황이 벌어진다.

지금도 힘들었다.

권한이 아무리 좋다고 해도 절대 사양이었다.

21세기 정신을 가진 차준후는 부지런할 때는 부지런하게 일하고, 쉴 때는 확실히 쉬자는 마음가짐을 가지고 있었다.

"그 정도 권력 이양을 하신다면 충분합니다. 회사를 창업시켜 주실 수도 있다고 들었습니다만? 무척이나 충격적인 이야기였습니다."

"능력이 있는 임원이 사퇴하고 밖으로 나가는 것보다 창업할 수 있게 도와주는 편이 서로에게 도움이 됩니다. 이미 해외 선진국에서는 시행하고 있는 제도이기도 하고요."

차준후가 담담한 모습으로 진심을 담아서 이야기했다.

그 모습이 문상진에게 믿어도 된다는 확신을 심어 주고 있었다.

지금까지 살아오면서 다른 사람에게 사기를 당한 적이 있었고, 심지어 대학교에서 빨리 교수로 만들어 주겠다는 말을 듣기도 했지만, 몇 년째 같은 말만 반복적으로 듣고만 있었다.

그는 사람들의 말을 너무 쉽게 믿었다가 결과적으로 별다른 성과를 내지 못했다.

'이 사람만은 믿고 싶다.'

배신을 많이 당해 본 그는 눈부신 업적을 차곡차곡 쌓고 있는 차준후를 믿고 싶었다.

지성이 뛰어나지만 사람을 보는 눈은 약했다.

쉽게 말해 사기당하기 쉬운 성격이었고, 그 탓에 많은 손해를 보면서 고난의 세월을 겪었다.

안타까운 건 이런 세월이 언제 끝날지 모르는 현재 진행형이라는 사실이다.

"세월이 흘러야만 사람의 마음을 알 수 있는 법입니다. 입 밖으로 나온 말은 결국 직접 겪어 봐야 확인할 수 있는 법이니까요."

차후에 말을 바꾸면 결국 피해자만 억울할 뿐이다.

"······맞는 말입니다."

크게 한숨을 내쉰 문상진이 동감했다.

교수로의 직급 변경 약속이 왜 이뤄지지 않느냐고 대학교에 문의해도 결국 기다리라고 잡아뗄 뿐이었다.

대학교로 초빙한 인사도 왜 자꾸만 보채느냐고 힐난할 뿐, 적극적으로 조치하지 않았다.

일찌감치 교수로 올라섰다면 지금의 궁핍함은 사라졌으리라!

강사와 교수의 위치는 사회적·경제적으로 하늘과 땅 차이였다.

고슴도치처럼 날카롭게 가시를 세운 채 경계하고 있던 문상진의 기세가 줄어들었다.

영입할 수 있는 절호의 기회라는 걸 차준후가 알아차렸다.

"지금 당장 제가 보여 드릴 수 있는 현실적인 제안입니다."

가방에서 근로계약서를 꺼내서 내밀었다.

"음!"

첫 장을 넘긴 문상진이 침음을 흘렸다가 번쩍 고개를 들어 올렸다.

"제가 공장장이 아닌 전무입니까?"

그는 여태 공장장으로 스카이 포레스트에 영입된다고만 생각하고 있었다.

"뭔가 오해가 있었던 모양이군요. 저는 문상진 씨를 스카이 포레스트의 핵심 인재로 영입하려고 이 자리에 왔습니다. 전무라는 직위는 스카이 포레스트에서 사장 다음의 임원입니다."

"서열 2위인 겁니까?"

문상진이 떨리는 목소리로 물었다.

한국 사람들은 서열 매기는 걸 참으로 중요하게 생각했는데, 그건 대학교 강단에 서고 있는 문상진도 예외가 아니었다.

사회적으로 많은 좌절을 맛봤던 문상진이었기에 더욱 서열을 따지는지도 몰랐다.

학문으로 성공하고 싶은 이면에는 교수로 승진하고 싶은 강렬한 욕구와 경제적으로 윤택해지고 싶다는 간절함, 결국 사회적 서열을 높이고 싶다는 욕망이 깔려 있었다.

"맞습니다."

차준후가 자신 다음의 위치라는 걸 공식적으로 인정해 줬다.

"전 많은 실패로 점철된 인생을 살고 있는 학자입니다. 대체 뭐를 믿고 이렇게 하시는 겁니까?"

문상진이 물끄러미 차준후를 바라보고 있다가 물었다.

이번 질문이 문상진 영입에 핵심이라는 걸 느낀 차준후가 잠시 침묵하다가 입을 열었다.

"실패하는 사람은 많습니다. 그렇지만 실패하면서도 흔들리지 않고 용기를 내어 변하지 않는 의지로 앞을 향해 나아가는 사람은 극소수입니다. 전 노력하면서 앞으로 나아가는 당신의 자세를 높이 평가합니다. 실패했다고 해도 축적된 경험과 능력은 사라지는 것이 아니기도 하고요. 저와 함께 앞으로 실패가 아닌 성공의 길을 걸어 봅시다."

차준후의 말에는 영입하고자 하는 진지함과 함께 간절함이 담겨 있었다.

학문에만 집중하고 싶은 문상진의 평소 이념을 생각하면 거절해야 마땅한 제안이었다.

문상진이 갈등했다.

어려운 현실 상황과 함께 자신을 알아봐 주는 차준후를 보면서 고뇌할 수밖에 없었다.

꿈꿔 왔던 교수로서의 삶이냐?

아니면 기업 임원으로서의 삶이냐?

약속 장소에 오기 전에 대학교에 문의해서 교수 전임이 이뤄질 수 있는지 문의했지만, 평소처럼 기약 없이 기다리라는 말뿐이었다.

계속 기다리라는 건 감나무 아래에서 감이 떨어지기만 기다리는 어리석은 행위인지도 몰랐다.

'교수로서의 성공이 언제 이뤄질지 장담할 수 없다. 그러나 차준후 사장과 함께하면 곧바로 성공할 수 있어.'

시간 강사 문상진 〈177〉

오랜 꿈을 꺾어 버리고 새로운 선택을 해야 한다는 확신을 받았다.

넓은 마음과 함께 놀라운 능력을 지닌 차준후가 삶에 허우적거리는 그를 역경에서 끄집어내는 도움의 손길을 건네고 있었다.

급속도로 발전하고 있는 스카이 포레스트의 제2인자의 삶을 살기로 결정했다.

"함께하겠습니다. 앞으로 잘 부탁드리겠습니다."

성공의 단맛을 보고 싶은 문상진이 결국 고개를 숙였다.

"저야말로 잘 부탁드립니다."

차준후가 환하게 웃었다.

오대양을 탄탄하게 만들어 준 핵심 인재를 마침내 얻게 됐다.

원래 문상진의 오대양 합류는 1962년으로, 앞으로 2년 정도의 세월이 더 흘러야만 했다.

그때도 교수 전직이 이뤄지지 않고 강사로 전전하던 문상진은 늘 박봉에 시달려야 했고, 오대양 창업주의 적극적인 영입에 결국 학문을 접고야 말았다.

문상진의 2년 정도의 대학 강사 세월이 차준후를 만나면서 사라졌다.

"한 가지 양해를 부탁드려야겠습니다."

"무엇입니까? 편하게 말씀하세요."

"제가 대학교들에서 네 개의 강의를 하고 있습니다. 종강까지 얼마 남지 않은 기존의 강의들은 끝마칠 수 있도록 배려해 주십시오."

그는 대학교 제자들과 마지막을 깔끔하게 끝맺고 싶었다.

"당연한 그렇게 하셔야지요. 편하게 대학교들을 다닐 수 있도록 전용 자동차와 개인 운전기사를 붙여드리겠습니다."

차준후가 생각할 필요도 없다는 듯 흔쾌히 받아들였다.

"괜찮습니다. 강의만 할 수 있도록 배려해 주신 걸로 충분합니다."

전용 자동차와 개인 운전기사는 잘나간다는 명문대학교 총장들만 누릴 수 있는 혜택이었다.

그런 혜택을 받는다는 건 몰염치하다고 느꼈다.

"아까 근로계약서를 끝까지 읽지 않으시더군요. 자동차와 운전기사는 스카이 포레스트의 임원들이 마땅히 누려야 하는 복지 혜택 가운데 하나입니다."

"복지 혜택이라고요?"

"그럼요. 스카이 포레스트의 핵심 인재인 임원들은 누릴 수 있는 복지 혜택이 많습니다. 복지 혜택들을 앞으로도 계속 늘릴 계획이고요. 혹시라도 받고 싶은 복지 혜택이 있으면 지금 말씀하셔도 좋습니다."

"……듣기만 했는데 벌써부터 심장이 두근거립니다."

그는 학문을 그만두고 스카이 포레스트 취업을 결정한 게 정말로 잘했다는 생각이 들었다.

대학교 총장은 언감생심 꿈도 꾸지 못했다.

최고의 위치인 총장이 되려면 인맥이 있어야 하고, 교수들 사이에서의 평판과 대학교에서의 정치도 잘해야만 한다.

모든 면에서 낙제점인 문상진이었기에 아직까지 교수의 자리에 올라서지 못했다.

대학교 총장은 사회적으로 선망을 받는 위치였고, 명문대학교 총장들만 전용 자동차와 개인 운전기사를 가질 수 있었다.

저 지방의 이름을 알지 못하는 대학교들의 총장들은 전용 자동차만 있어도 황송해하였다.

"전 잘나가는 사람들이 마땅히 대우받아야 한다고 생각합니다. 그러니까 거절하지 마시고 스카이 포레스트의 복지 혜택을 즐기세요."

"알겠습니다. 감사히 복지 혜택을 받겠습니다."

문상진이 거절할 일이 아니라는 걸 깨달았다.

마음에 들었다.

크게 대우받는다는 사실에 심장이 두근거렸다.

파격적인 혜택으로 인해 차준후를 더욱 믿고 싶었다.

가난하던 대학교 강사의 위치가 한순간에 바뀌었다.

너무나도 급작스러운 변화였기에 문상진이 살짝 얼떨떨했으나 이런 날을 손꼽아 기다려 왔다.

그의 시선이 식탁 한쪽에 놓여 있는 서류에 슬그머니 향했다.

뭐가 적혀 있는지 너무나도 궁금했다.

"천천히 살펴보세요."

차준후가 웃으며 이야기했다.

"그럼 잠깐 보겠습니다."

문상진의 시선이 근로계약서의 글귀를 훑어나갔다.

'한 달 월급이 일 년 치 강사 월급들을 모은 것보다 많아! 원한다면 강북의 집이나 아파트까지 제공한다고? 게다가 무이자 대출까지?'

읽어 나가는 동안 생각지도 못한 파격적인 월급과 복지 혜택에 그의 눈동자가 지진이라도 난 것처럼 흔들렸다.

근로계약서를 끝까지 읽었다면 학문과 취업을 놓고서 고민조차 하지 않았으리라!

근로계약서에 담긴 엄청난 조건은 문상진에 대한 인정이었다.

선비는 자신을 알아주는 사람을 위해 진심으로 충성하는 법이다.

근로계약서를 끝까지 읽은 그가 고개를 들어 차준후를 바라보았다.

"사장님, 충심으로 보필하겠습니다."

그가 진심을 담아 재차 차준후에게 고개를 숙였다.

단순한 회사의 직원이 아닌 차준후의 가신으로서 충성을 맹세했다.

근로계약서에 담긴 혜택이라면 충성할 수 있었다.

항상 성공하고 싶어 했는데, 복지 혜택들을 살펴보니 이미 성공한 것과 진배없었다.

"진짜배기 인재에게 드릴 수 있는 혜택들입니다. 그 혜택들이 아깝지 않도록 열심히 일해 주시면 족합니다."

차준후는 대단한 인재를 헐값에 얻었다고 생각했다.

슥!

탁자 위에 봉투를 올려놓았다.

"이게 뭡니까?"

"첫 달 월급을 가불한 금액이 들어 있습니다. 대학교를 그만두면서 인사드릴 곳이 많을 듯해서 미리 넣었습니다."

차준후는 결코 인색하지 않았다.

쓸 데 과도할 정도로 팍팍 사용했다.

돈과 혜택, 가불 등으로 경제적으로 고통 받고 있는 문상진을 보듬어 안았다.

제7장.
전무 문상진

전무 문상진

"……감사합니다."

경제적으로 어려움을 겪고 있던 문상진은 봉투를 집어 들면서 목이 메었다.

세상의 야박함에 오랫동안 상처받아 왔기에 따뜻한 배려가 귀하고 소중하다는 걸 누구보다 이해했다.

'사업가는 돈을 많이 벌면 착하기가 힘든 법이다. 그런데 사장님은 내가 알고 있던 타락한 사업가들과 달리 인품이 따뜻하구나.'

문상진은 말할 수 없이 고마웠다.

왜 모르겠는가.

궁핍한 살림살이를 걱정해서 가불해 줬다는 것을 잘 알았다.

서로를 이해할 수 있는 시간이었다.

그렇게 서로가 무척 만족한 식사 자리가 끝났고, 두 사람이 식당 밖으로 나왔다.

"처음 뵙겠습니다. 앞으로 전무님을 모실 운전기사 공태규입니다."

대기하고 있던 말끔한 양복 차림의 공태규가 문상진에게 허리를 숙였다.

식당과 인접한 한쪽 공터에 검은색 포드 차량 두 대가 반짝반짝 빛을 내고 있었다.

한 대는 직접 운전하는 걸 즐기는 차준후가 몰고 온 차량이었고, 다른 한 대는 문상진에게 배정된 전용 차량이었다.

"네?"

"회사에서 배정한 운전기사님입니다. 군대에서 장성 운전병 출신으로, 운전 실력이 훌륭합니다."

"같이 오신 거군요."

"맞습니다. 전무님 같은 인재를 놓칠 생각이 없어서, 애당초부터 함께 여기로 왔습니다."

"이렇게까지 빠르게 대우를 받을 줄은 몰랐습니다."

태연한 모습을 보이고 싶었지만 연신 휘몰아치는 충격적인 현실 앞에서 문상진의 목소리가 흔들렸다.

국산 시발 승용차가 아닌 포드 차라니!

'전용차로 외제차를 받은 총장이 있었나?'

문상진의 기억에는 단연코 없었다.

외제차를 타고 다닌다는 사실만으로 성공했다는 사회적 지표가 되기도 했고, 세무조사를 받을 수도 있는 시기였다.

사회적으로 인정받는 대단한 사람들만 외제차를 타고 다니는 게 가능했다.

"검은색 포드 차량이 마음에 들지 않으면 언제든지 말해 주세요. 차량을 바꿔드리겠습니다."

"아닙니다. 충분히 만족하고 있습니다."

문상진이 여기서 머뭇거렸다가는 진짜로 차량이 바뀔 수 있다고 판단하고 재빨리 입장을 전달했다.

"다시 한번 말하지만, 대우에 부족한 점이 있다면 언제라도 편안하게 이야기해 주세요. 스카이 포레스트의 유일한 임원이면서 서열 제2위의 특별 인재께서 심신이 편안해야 제대로 일을 하지 않겠습니까?"

차준후가 중요한 대목을 말할 때마다 문상진이 반응하며 움찔거렸다.

'참 알기 쉬운 분이네.'

이지적인 학자 이면에 감춰져 있던 속물적인 감성이 뚜렷하게 표출됐다.

차준후는 자기의 능력에 대해 가지고 있는 학자의 열의

와 자긍심이 고깝게 보이지 않았다.

오히려 그걸 반겼다.

'많은 권한과 충분한 대우, 복지 혜택을 파격적으로 주면 해결할 수 있다.'

돈 많은 차준후가 마음껏 해 줄 수 있는 분야였다.

학자로서의 꼬장꼬장한 자부심도 좋게 보였지만 속물의 습성을 꾸밈없이 그대로 드러내는 솔직함과 순박함이 마음에 더욱 들었다.

"배려에 감사합니다."

특별 대우를 받는다는 사실에 가슴이 뿌듯한 문상진이었다.

친한 동료들과의 술자리에서 외제차를 타고 다니고 싶다는 농담 반 진담 반의 이야기를 한 적이 있었다.

그때는 헛소리를 내뱉는다고 핀잔을 받았었는데, 그 헛소리가 현실이 되어 버렸다.

* * *

검은색 포드 차량이 연운대학교 경상 대학 건물 앞에 도착했다.

"외제차네."

"높은 분이 오셨나 봐."

고급 차량의 도착에 건물 근처에 있던 사람들의 시선이 집중됐다.

"도착했습니다, 전무님!"

공태규가 운전석에서 재빨리 내려 뒷좌석의 문을 열었다.

"이렇게 하시지 않아도 됩니다."

"제가 마땅히 해야 할 일입니다. 불편하시지 않으면 계속하겠습니다."

"……그러면 앞으로도 잘 부탁합니다. 2시간 강의가 끝나고, 다른 대학교로 이동해야 합니다."

없이 살아왔기에 과시하는 걸 은근히 즐기는 문상진이 운전기사의 예우를 받아들였다.

"수업이 끝날 때까지 차량에서 대기하고 있겠습니다. 전무님."

"편하게 있으시면 됩니다. 오후 3시에 뵙겠습니다."

"알겠습니다, 전무님."

공태규가 말끝마다 전무님이라는 호칭을 붙였다.

장성을 모셨던 말버릇이기도 했고, 전무님이라고 호칭할 때마다 문상진이 흐뭇한 표정을 짓고 있었기 때문이었다.

"어! 저분 우리 학교 시간 강사님이잖아?"

"내가 수업 듣고 있는 분인데, 왜 외제차에서 내리는 거지? 이런 말하기는 조금 그런데, 항상 가난에 찌들어서 궁핍하게 살고 계시는 분인데?"

"방금 전무님이라고 말하는 걸 들었어."

지켜보고 있던 사람들이 고개를 갸웃거렸다.

"문상진 강사!"

개인용 시발 승용차에서 내린 말끔한 양복 차림의 40대 중년인이 다가왔다.

"아! 공선욱 교수님."

문상진이 웃으며 반겼다.

"이게 무슨 일입니까? 이 차량은 대체 뭡니까?"

문상진이 대학교 강단에 설 수 있게 도와준 공선욱 교수였다.

교수가 될 수 있게 도와주겠다고 철석같이 약속해 놓고, 막상 지지부진하자 아무런 도움도 주지 않은 인물이었다.

"제 전용 차량입니다. 스카이 포레스트에 서열 제2위인 전무로 취직했습니다."

그가 2위를 강조하면서 이야기했다.

"뭐라고요?"

공선욱의 눈이 지진이라도 난 것처럼 흔들렸다.

요즘 스카이 포레스트에 취직하는 게 하늘의 별 따기처럼 어렵다는 걸 알았다.

그런 대단한 회사에 전무로 취직했다고?

그것만 해도 대단한 일인데 전용 차량을 배정받았다고 하니 배알이 뒤틀렸다.

"대학교 교수가 꿈이라고 하지 않았나요? 이렇게 쉽게 꿈을 꺾을 분인지 미처 몰랐습니다."

그의 입 밖으로 나오는 말이 곱지 않았다.

연운대학교 총장에나 올라서야 받는 전용 차량을 시간 강사에 불과한 아래로 내려다보고 있던 문상진이 받는다니, 납득하기 힘들었다.

문상진이 깎아내리는 힐난에도 불구하고 평온한 표정으로 입을 열었다.

"한 달 월급이 대학교 시간 강사 일 년 연봉보다 많습니다. 꿈을 꺾기에 아주 충분한 금액이었고, 누구처럼 말을 바꾸지 않을 분을 상사로 모시게 됐습니다."

조곤조곤하게 설명해 줬다.

차준후를 만나기 전까지라면 그냥 납득하고 넘어갈 수 있는 이야기였지만 이제는 아니다.

그동안 마음속에 담았던 말까지 모두 토해 낼 심산이었다.

"뭐라고욧! 밀 다 했습니까?"

공선욱이 발끈했다.

"제가 누구라고 지칭한 것도 아닌데, 왜 발끈하십니까? 혹시 찔리십니까?"

"저 들으라고 한 소리잖습니까?"

"그렇게 느낀다면, 그런 거겠지요. 제가 강의 준비를 해야 해서 길게 이야기를 하지는 못하겠습니다. 먼저 가 보겠습니다."

"문상진 시간 강사! 내 말 아직 끝나지 않았어요. 거기 멈추세요."

분을 참지 못한 공선욱이 길길이 날뛰며 문상진의 옷깃을 잡아채려 했다.

"이러시면 곤란합니다."

지켜보고 있던 공태규가 성큼 나섰다.

"당신은 누구인데 나서는 겁니까?"

"전무님을 모시고 있는 개인 운전기사입니다. 말씀을 나누는 건 괜찮지만 전무님의 길을 막으시려고 해서 나서게 됐습니다. 예의를 지켜 주십시오."

"……개인 운전기사라고? 시간 강사 따위에게 외제차와 운전기사까지 딸려 주는 게 말이 돼?"

공선욱의 얼굴이 파르르 떨렸다.

"당신이 무시할 수 있는 분이 아닙니다. 스카이 포레스트의 차준후 사장님께서 특별히 신경 쓰고 있는 분이십니다. 대단한 능력을 가지고 있는 분께 자격지심이라도 가지고 있는 겁니까?"

"……무, 무슨 말도 안 되는 소리요?"

속내를 들킨 공선욱이 말을 더듬거렸다.

  젊은 데다가 자신보다 뛰어난 학식을 가지고 있는 문상진에게 자격지심을 가지고 있었다.

  그래서 앞에서 돌봐주는 척하면서 뒤에서 갖은 수작질을 부려 가며 교수 전환에 장난을 쳐 댔다.

  "잘난 척하는 모습이 꼴불견이구먼. 학자로서의 품위가 없어."

  크게 당황한 공선욱이 툴툴거리면서 황급히 자리를 피했다.

  패배한 개가 꼬리를 마는 형국이었다.

  '속이 시원하네. 십 년 묵은 체증이 내려가는 기분이야! 교수직에 목을 매고 있을 때 눈치를 살피면서 설설 기었더니, 사람을 굼벵이 취급하고 있어. 앞으로는 높은 위치에서 내려다보면서 격차를 느끼게 해 줘야겠다.'

  그 모습을 바라보고 있는 문상진이 웃고 있었다.

  "전무님, 죄송합니다. 위급해 보여서 허락도 받지 않고 나섰습니다."

  공태규가 허리를 숙이며 사죄했다.

  "아닙니다. 이런 경우에는 앞으로도 시금처럼 해 주시면 고맙겠습니다."

  문상진이 대우받는 현실을 즐겼다.

  "알겠습니다."

공선욱에게 기존에 당했던 걸 조금이나마 되갚아준 문상진이 강의를 위해 웃으며 자리를 떴다.

"우와! 들었어? 스카이 포레스트에 전무로 취직하셨다고 하셨어."

"서열 2위라는 사실도 똑똑히 들었지."

"높은 위치에 앉아 있으면 스카이 포레스트에 취직시켜 주실 수도 있겠지?"

"가능하지 않을까?"

"저분 수업에 들어가야겠다."

"같이 가자."

경상 대학 건물 앞에서 요란하게 떠들어 대던 대학생들이 문상진의 수업 강의실을 향해 몰려갔다.

다른 기업체들을 압도하는 높은 월급과 함께 막강한 복지 혜택은 타의 추종을 불허했다.

신문에서 연일 보도하고 있고, AFKN에서도 방송된 스카이 포레스트의 앞으로의 발전 가능성은 너무 가팔라서 무서울 정도였다.

졸업을 앞두고 있는 대학생들에게 최고의 직장으로 급부상한 곳이 바로 스카이 포레스트였다.

스카이 포레스트를 다니는 미혼남녀는 최고의 신랑신부 후보감이라는 말까지 시중에 떠돌았다.

얼마 전까지만 해도 화장품 업체라고 무시받았는데, 이

제는 그런 분위기는 완전히 사라졌다.

* * *

다음 날 아침, 검은색 포드 차량을 직접 운전한 차준후가 스카이 포레스트에 사장실에 출근해서 신문을 읽고 있을 때였다.

"좋은 아침입니다, 사장님."

6시 40분에 일찌감치 승차감 좋은 외제차를 타고 출근해서 회사를 돌아보고 있던 문상진이 사장실에 찾아왔다.

"전무님을 회사에서 보니 오늘 하루 일진이 좋을 것 같습니다. 어제는 편안했습니까?"

"즐거웠습니다."

일어난 일들을 말하자면 하루 가지고도 부족했다.

변화된 환경으로 인해 많은 사람들이 주변에 몰려들어 상당히 곤혹스러웠다.

스카이 포레스트에 취직을 시켜 달라는 등 무리한 요구를 하는 제자와 지인들이 있었기에 난치히기도 했지만 속으로는 즐겼다.

여러 가지 일들이 참으로 많이 벌어진 하루였다.

"회사와 사람들을 소개시켜 드리겠습니다. 앞으로 일

할 전무실도 보여 드릴 테니까, 함께 갑시다!"

차준후가 문상진을 데리고 직접 움직였다.

아랫사람을 시킬 수도 있는 평범한 일인데, 직접 움직인다는 사실에 문상진이 미소를 지었다.

직원이 되었다고 허술하게 대접할 수도 있었지만 차준후는 처음 봤을 때 그대로였다.

"부탁드리겠습니다."

마음이 편안해진 문상진이 한 발자국 뒤에서 차준후의 발걸음을 맞추며 따라나섰다.

"이곳이 앞으로 일하실 공간입니다. 마음에 드십니까?"

사장실과 같은 3층에 위치하고 있는 전무실은 넓고 쾌적했다.

창문 앞쪽에 육중한 원목 마호가니 책상과 중역 의자가 위치했고, 높은 천장에는 형광등이 설치되어 있었다.

"마음에 쏙 듭니다. 명문대학교 총장실도 여기보다 화려하지 않습니다."

문상진이 비싼 가구와 소파 등이 설치된 전무실 분위기에 흡족해하였다.

고가의 물건들로 채워졌다는 걸 한눈에 알아봤다.

고급스럽고 외관도 준수한 새 물건들이 주인을 기다리고 있었다.

마호가니 책상 한쪽에 전화기가 반짝반짝 빛났다.

찾아서 돌아다닐 필요 없이 전무실에서 편안하게 전화를 할 수도 있다니.

비싸면서 유용한 물건들로 채워진 아주 훌륭한 임원실이었다.

각별하게 대우해 준다는 걸 문상진이 온몸으로 느꼈다.

* * *

"전무님의 개인 비서는 구하고 있으니까, 조금만 기다려 주세요."

"개인 비서까지 배정하시겠다고요?"

"앞으로 많은 일을 해 주셔야 하니까요. 변성우 사장님에게 부탁했는데, 직접 원하는 개인 비서를 구하셔도 좋습니다."

직접 경험해 보니까, 비서가 있으면 여러 측면에서 일을 진행하기가 수월해진다.

높은 사람들이 괜히 비서를 두는 게 아니다.

"그렇다면 지는 대학교에서 강의를 기르쳤던 마음에 드는 제자를 개인 비서로 두고 싶습니다."

취업을 청탁했던 남자 제자 가운데 한 명이 머릿속에 떠올랐다.

평소 강의를 열심히 들었던 연운대학교 학생으로, 학업 성적이 훌륭했고, 성품도 싹싹했다.

그 제자는 성삼그룹에 취직이 확정됐지만, 가능하다면 스카이 포레스트에 취업하고 싶다며 성삼그룹을 거절했다.

"마음에 맞는 분과 함께 일하면 좋겠지요. 그렇게 하시죠."

"감사합니다."

문상진이 고개를 숙여 고마움을 나타냈다.

차준후가 전무 문상진과 함께 스카이 포레스트를 돌아다니면서 사람들과 부서들을 소개했다.

"이분은 스카이 포레스트의 공장장님으로, 제작 현장을 책임지고 있습니다. 여기는 회사로 어렵게 모신 전무님으로, 앞으로 스카이 포레스트의 중추가 되어 주실 임원입니다."

"최우덕입니다. 앞으로 잘 부탁합니다."

"문상진입니다. 많은 지도 편달 부탁드립니다."

제작실과 생산부서, 영업부, 총무부 등을 돌아다니면서 스카이 포레스트의 사람들에게 문상진이라는 임원을 알렸다.

차준후는 자신의 업무와 권한을 과감하게 문상진에게 맡겼고, 문상진은 전무의 위치에서 적극적으로 이를 받아들였다.

"제 대신에 해 줘야 하는 일들입니다."

신뢰하고 있었기에 아낌없이 일거리를 맡기는 게 가능했다.

"열심히 하겠습니다. 믿고 맡겨 주셔서 감사합니다."

자신의 능력을 보여 줄 수 있다는 사실에 문상진이 의욕을 불태웠다.

* * *

효과는 곧바로 나타났다. 사장 책상에 쌓이던 서류들의 양이 팍 줄어들었다.

대신 전무 책상으로 향하는 서류들의 양이 지속적으로 늘어났다.

문상진은 스카이 포레스트의 제2인자로서의 일에 집중했다.

받아들인 기초 위에 또 한 걸음 더 나아갈 새로운 초석을 쌓기 시작하여, 스카이 포레스트에서 차준후 다음가는 영향력을 행사하는 임원이 되었다.

"조직 체계를 손봐도 되겠습니까? 전반적으로 조직이 획일적이면서 딱딱합니다."

문상진은 며칠 동안 스카이 포레스트를 돌아다니며 깨

달은 부분을 보고했다.

'자신의 권위에 대한 도전이라고 생각하는 탓인지, 조직을 건드리는 건 사장들이 싫어하는 경우가 많다.'

그는 건의하면서도 조마조마했다.

많은 이들이 권력을 이양한다고 말하지만 정작 그 상황에 닥치면 다른 소리를 하고는 했으니까.

그렇지만 이번 요구를 관철시킬 작정이었다.

스카이 포레스트가 잘나가고는 있지만, 문상진이 봤을 때는 허술한 조직 체계를 가지고 있었다.

스카이 포레스트의 비상과 성공은 오로지 차준후가 있기에 가능했다.

문상진은 고작 1주일 만에 그것을 파악해 냈다.

탄탄한 조직 체계를 만들지 않으면 앞으로 혹독한 시련과 고초를 겪어야 할지도 몰랐다.

"그게 바로 제가 바라는 바입니다."

차준후가 열렬히 환영했다.

이곳에서 눈을 뜬 후, 사장으로 보내는 시간이 배움과 싸움의 연속이었다.

어쩌다 보니 화장품을 만들기 위해서 여러 회사를 운영하게 되었다.

재미있는 일이 많았지만 그에 비례하여 힘든 일들도 늘어났다.

500명이 넘는 직원들의 조직 체계에 손을 대는 일이 바로 후자에 해당했다.

"총무과에서 이뤄지고 있던 인사를 떼어 내려고 합니다. 인사과를 신설하여 조직 체계를 탄탄하게 만들겠습니다. 직원들과 협력 업체들의 비위를 감사할 수 있는 감찰과도 필요하다고 생각합니다."

문상진이 스카이 포레스트에 가장 필요한 두 곳의 신설 부서를 이야기했다.

기업에서 적재적소에 사람들을 배치하는 인사과는 가장 중요하다고 볼 수도 있었다.

동시에 직원을 관리해야 하고, 돈의 흐름을 파악해야 하고, 혹시 모를 비리들에 대한 감찰도 필요하다. 여기에서 어느 것 하나만 삐끗해도 회사가 휘청거린다.

지금껏 아무 문제 없이 기업이 운영됐다는 자체가 기적이었다.

"그렇게 하세요. 지금까지는 총무과가 모든 업무를 통틀어서 책임지고 있었는데, 이제는 각각의 부서에게 권한을 맡기겠습니다."

사장 이하에 임원이 없있던 스카이 포레스트는 기형적인 구조였고, 일하는 사람들도 대부분 제대로 배우지 못한 생산직 근로자들이 많았다.

총무과가 모든 업무를 복합적으로 처리하였고, 그 결재

를 사장인 차준후가 최종적으로 했다.

"성공했다는 자체가 기적입니다."

"하하하! 제가 주먹구구식으로 운영하고 있었던 건 맞습니다."

임기응변과 미래 지식을 활용한 덕분에 지금까지 큰 문제가 없었다. 그렇지만 한계에 도달하고 있는 게 명확했고, 그래서 문상진을 영입해 왔다.

"각 부서의 인력들을 어떻게 충원하실 생각인지요?"

"어떤 의견을 가지고 있습니까?"

"기존 인원들을 교육시키며 육성하는 방법과 새롭게 뽑는 방법, 두 가지가 있습니다."

"어느 쪽을 선호합니까?"

"애당초 적절한 인재들을 뽑는 편이 시간과 비용이 적게 들어갑니다. 대학교 졸업 시기도 다가오고 있으니, 공개 채용 공고를 내면 좋을 것 같습니다."

육성은 굉장히 비효율적이다.

직원들을 배려하는 것도 좋지만 회사는 어디까지나 성장과 이익에 초점을 맞춰야 한다는 게 문상진의 신념이다.

대학교에서 제대로 배운 인재들을 뽑아오면 곧바로 제 몫을 하게 만드는 게 가능했다.

기업들이 괜히 대학교 나온 대학생들에게 더 많은 보수

를 지급하는 게 아니었다.

"직원 채용을 직접 진행하세요. 전무님에게 맡기겠습니다."

차준후는 저번 직원 채용에서 4,000명이 넘는 인원으로 인해 엄청난 고생을 치렀다.

직원을 고용하는 것은 차준후의 경우에 늘 고생스런 일이었다.

채용한다는 소식을 주변에 전해야 하고, 면접장에서 수천 명의 지원자들을 만나고, 수많은 사연들을 들으며, 최종적으로 고용하기를 결정하기까지 모든 과정이 차준후의 몫이었다.

취직하고 싶은 지원자들의 절실함을 잘 알고 있기에 입에서 단내가 나도록 말을 해야 했고, 4일 동안 극도의 집중력을 발휘해야 하는 정말 극한 체험을 겪었다.

사람을 구한다는 건 시간과 심혈을 무척이나 많이 소모해야 하는 작업이었다.

생각만 해도 눈앞이 깜깜해지며 다신 경험하고 싶지 않을 정도였다.

'원래 사장이 직접 직원을 채용하지 않기도 하니까.'

대기업 직원 채용 현장에 사장이나 회장이 나서지는 않는 법이다.

아직 대기업이 된 건 아니었지만 대신해서 인재들을 뽑

을 수 있는 유능한 문상진 전무에게 일을 떠넘겼다.

"믿고 맡겨 주셔서 감사합니다. 최고의 인재들을 뽑는 걸로 보답하겠습니다."

직원 채용 책임자가 된 문상진이 의욕을 잔뜩 드러냈다.

감투를 썼다고 할까.

시간 강사였던 그가 이제는 누구나 취직하고 싶은 기업에서 사람들을 뽑는 책임자가 됐다.

사회적으로 보여 줄 수 있는 신분과 체면에 민감한 한국인들이었고, 그런 증상이 보다 심한 속물근성 뚜렷한 문상진이었다.

하늘의 별 따기처럼 어려운 취업시장이었다.

어려운 경제 상황과 혼란스러운 정치권으로 인해 명문대에 나왔다고 해서 좋은 기업에 들어가는 게 쉽지 않았다.

한 치 앞도 모를 정도로 혼란스러운 상황 때문에 잘 나가는 기업들조차 취업 자리를 크게 줄여 버렸다.

수많은 대학생들이 문상진에게 취업을 청탁한 데에는 이런 이유도 있었다.

"일을 진행하면서 저에게 일일이 허락을 받지 않아도 됩니다."

"말이 나오지 않도록 최대한 공평하게 직원들을 채용하겠습니다."

"대학교에서 강의를 하셨잖아요. 싹수가 보이는 제자들을 뽑으셔도 괜찮습니다."

"그렇게 해도 됩니까?"

문상진이 눈을 동그랗게 부릅떴다.

자신과 가까운 지인들을 뽑는다는 건 윗사람에게 안 좋게 보이기 마련이다.

자기 사람과 조직인 파벌을 만드는 것처럼 보이기 때문이었다.

"높은 자리에 있다 보면 지인과 친구들에게 인사 청탁을 받기 마련 아니겠습니까? 너무 인색하게 대하면 인망을 잃기 마련이지요. 필요한 인력들이 많으니까, 적당한 자리에 눈치껏 집어넣으세요."

차준후는 문상진을 배려해 줬다.

물욕이 강하지만 사리사욕 때문에 마구잡이로 권력을 휘두를 성격이 아니라는 걸 알기에 할 수 있는 배려였다.

기존의 거의 모든 인연을 스스로 잘라 버린 자신과 달리 문상진은 수많은 인사 청탁에 시달리고 있었다.

아니, 즐기고 있다고 할까?

파도처럼 끊임없이 쇄도하고 있는 사람들의 접근을 환영했다.

스카이 포레스트의 전무가 됐다는 소식을 어떻게 알았는지 소식이 오랫동안 끊겼던 이종사촌에게서까지 잘 지내냐는 안부 연락이 왔다.

당연히 안부 연락은 종국에 인사 청탁으로 이어졌다.

"괜찮다 싶으면 채용하겠지만 아니라고 생각하면 가차 없이 내쫓겠습니다. 기회를 준 것만으로도 할 일을 다 했다고 생각합니다."

문상진은 무시하고 배척했던 사람들을 알고 있던 사이라고 해서 따뜻하게 배려하고 싶지는 않았다.

오히려 더욱 엄격한 잣대를 들이대어 심사할 생각이었다.

"편하실 대로 하세요."

"중간보고와 사후 보고를 하겠습니다."

문상진은 회사 내에 학연이나 파벌을 만들 생각이 전혀 없었다.

제자들과 지인들을 잔뜩 회사 내부로 불러들이면 불협화음이 일어날 가능성이 높았다.

그는 그런 위험을 멀리하면서, 차준후에게 납작 엎드리는 자세를 취했다.

잘 나가는 높은 차준후에게 잘 보여야만 만족스런 직장 생활을 편하면서 길게 할 수 있었기에.

서열 제2인자라고 해도 제1인자인 차준후가 마음먹는 순간 곧바로 자리가 날아갈 수 있었다.

"그거면 충분합니다."

전권을 맡은 책임자가 되었다는 사실에 즐겁게 웃는 문상진이었고, 귀찮은 일에서 벗어난 차준후도 만족스럽게 웃었다.

 복수 때문에 설립된 스카이 포레스트의 기반은 무척 취약했는데, 차준후와 문상진의 주도 아래에서 화장품 제조업 회사로서의 기반을 확립하기 위한 작업이 진행됐다.

 짧은 시간에 튼튼한 제조업 기업을 만든다는 건 대단히 어려운 일이었다.

 이런 쪽에 전문적인 지식과 경험을 보유한 문상진이 체계가 제대로 잡혀 있지 않은 스카이 포레스트의 조직에 칼을 가져다 댔다.

 21세기의 정책과 사업 정신을 1960년대에 사용하고 있었기에 알게 모르게 회사 안팎으로 여러 문제가 발생하고 있었다.

 전에 없던 새로운 개념과 복지 정책들이 제대로 뿌리내리기 위해서는 긴 시간이 필요했다.

 1960년대의 대다수 생산 직원들은 가난한 대한민국과 가정을 바꾸려는 커다란 열망을 가지고 있음에도 불구하고 스스로 개발하려는 노력은 부족했고, 만족할 만한 성과를 거두지 못했다.

 "교육비와 학원비 지원은 너무 과도한 복지 혜택이라

고 생각합니다."

 문상진이 시대적 흐름에 역행하고 있는 복지 혜택을 손 보려 하고 있었다.

 일각에서는 이런 복지 혜택 때문에 차준후를 손가락질 하는 사람도 있었다.

 과도한 복지는 회사의 금전적 손해였고, 차준후에게도 위험이 컸다.

 문상진은 전자보다 후자 때문에 복지를 줄이려고 했다.

 "저도 알고 있습니다."

 "복지 혜택을 축소하는 건 어떻겠습니까?"

 "학원비를 받고서도 제대로 배우지 않은 직원들이 있다는 사실을 알고 있습니다. 일부 사람들이 저를 빨갱이라고 부른다는 것도 압니다. 그렇지만 축소하는 건 반대입니다."

 차준후는 위험 부담을 감수해 가면서 복지 혜택 정책을 그대로 밀어붙일 작정이었다.

 "부작용이 있다는 걸 알면서도 바꾸지 않는 이유는 무엇입니까?"

 "제가 직원들을 고용하면서 가장 중요하게 생각하고 있는 점이 있습니다. 모든 직원들이 경제적인 어려움에서 벗어나게 하고, 진정으로 자신들이 주인 정신을 가질 수 있게 하려는 겁니다. 스카이 포레스트의 복지 정책은 대한민국의 더 나은 미래를 건설하려는 원대한 구상에서 출발했습니다."

근로자들의 성장은 시장경제를 효과적으로 발전시키는 원동력으로 작용하고, 이는 궁극적으로 대한민국의 경제를 성숙시키는 밑거름이 된다.

홀로 부자가 되고, 스카이 포레스트만 성장하는 건 의미가 퇴색된다.

제대로 몰라서 못 하는 근로자들은 교육시키면 된다.

차준후가 고난이 따르지만 강하게 진행할 수 있는 건 미래를 알고 있다는 사실도 있지만, 기본적으로 용기가 있기 때문이었다.

시대적 사명이라고 할까?

1960년대로 온 차준후는 스스로에게 사명을 부여하고 있었다.

"아!"

문상진이 탄성을 터트렸다.

제8장.

시찰

시찰

 국가에 진정한 의미의 풍요로운 성장과 미래를 생각하고 있는 복지 정책!
 대한민국 어느 사장이 이처럼 원대한 구상을 할 수 있을까.
 성삼과 대현 등의 회사가 급격하게 성장을 거듭하고 있지만, 근로자의 빈곤을 근본적으로 해결해 주지 못하는 게 현실이었다.
 단적으로, 스카이 포레스트의 월급과 복지 혜택이 다른 기입들보다 좋다.
 스카이 포레스트는 근로자들을 실질적으로 풍요롭게 만들어 주기 위해 부작용을 감수해 가면서까지 노력하고 있었다.

"사장님의 고귀한 가치관을 이해했습니다. 제가 사장님의 원대한 이상을 실현될 수 있도록 최선을 다해 돕겠습니다."

단순히 직원들을 가난에서 구제하려는 마음만은 아니었다.

속물적인 문상진이 미국을 비롯한 선진국의 무상원조가 아니면 몰락할 최빈국 대한민국을 경제적으로 부흥시키고자 하는 차준후에게 진심으로 감복했다.

평범한 일반인이 하지 못하는 일이었다.

"단순히 경제 발전만 생각하면 안 됩니다."

"알겠습니다. 같이 잘살 수 있는 방안을 마련하겠습니다."

"스카이 포레스트 직원뿐만 아니라, 대한민국이 행복해질 방안을 생각해 주세요."

차준후가 스카이 포레스트의 나아갈 방향을 정해 줬다.

급격하게 변화하고 있는 스카이 포레스트의 성장과 발전이 직원들에게 전해질 수 있도록 문상진이 사규와 회사 조직도를 손봤다.

경험과 지식이 많은 문상진이 좋은 대책들을 내놓았다. 대학교에 강의를 나갈 때를 제외하고 온종일 정신없이 뛰어다녔다.

스카이 포레스트의 제2인자로서 움직이며 화장품 원료 공급과 후방 지원까지 동시에 처리해 나갔다.

차준후의 묵인과 지도하에 스카이 포레스트는 양적인 성장과 비례하여 빠른 속도로 내실을 갖춰 나갔다.

핵심 인재 한 명의 영입이 얼마나 중요한지 뼈저리게 체감하고 있는 차준후도 바쁘게 움직였다.

* * *

"사장님, 이게 다 뭡니까?"

최우덕이 제작실에 새롭게 설치되고 있는 거대한 장치를 보면서 물었다.

"불편해서 냉동기를 도입했습니다."

"냉동고에서 얼음을 가져와서 사용해도 되는데요?"

"사람을 갈아가면서 생산 현장에 투입하는 건 비효율적입니다."

차준후는 자동화를 원했다.

사람이 냉동고에서 시간에 맞춰 얼음을 일일이 가져와서 화장품을 만드는 건 상당히 번거로웠다.

골든 이글 생산량이 많아지면서 얼음을 옮기는 데 직원들의 손이 많이 가기도 했다.

"이런 냉동기가 국내에 있던가요?"

컨베이어 벨트를 따라서 이동시킬 수 있는 냉동기 시설들이 밝은 조명 아래 반짝반짝 빛나고 있었다.

"덴마크 기술자들에게 배운 냉동시스템을 활용하니까, 설치 가능하다고 했습니다. 우유를 시원하게 저장해 주는 시설과 큰 차이가 없다고 하더군요."

차준후는 기술자들에게 설치 문의를 했을 뿐이었다.

낙농 사업은 여러 방면에서 화장품 사업에 도움을 주고 있었다.

"국내 기술자들이 벌써 이 정도 기술력을 배웠군요."

냉동 시설들 전부 해외에서 들여왔지만, 국내 기술자들이 스카이 포레스트 제작실 환경에 맞춰 설치한다는 것도 대단한 일이었다.

얼마 전까지라면 쉽게 해낼 수 없었다.

"전문기술을 배우고 있다는 생각 때문인지 지엘그룹에서 지엘전기를 만든다고 하더라고요."

지엘그룹은 성삼그룹에 대해 경쟁심을 가지고 있었고, 빠른 속도로 덴마크에서 파견된 기술자들로부터 냉장고와 냉동고 등에 대한 전문적인 기술을 습득하고 있었다.

돈이 된다는 사실을 직감한 지엘그룹에서 대규모로 투자를 해나갔다.

차준후가 굴린 낙농 사업으로 인해 대한민국의 잘나가는 기업들 사업에 변화가 일어나고 있었다.

기업들의 가세로 인해 낙농 사업이 속도를 내고 있었고, 시장과 경제에 자금이 돌면서 변화가 더욱 급격하게 퍼져나갔다.

이런 변화 속에서 강제로 손 털고 나간 성삼그룹만 손가락만 빨고 구경하고 있었다.

"이건 배합기군요."

"기존의 배합기는 너무 작고 협소해서 새롭게 주문했습니다. 한 번 가동할 때 4배는 더 생산이 가능한 배합기입니다. 어떻습니까?"

대량 생산할 수 있는 기틀을 마련했다.

대량 소비의 천국인 미국에 수출하려면 대량 생산 체제는 필수였다.

"좋습니다. 너무 좋아서 몸 둘 바를 모르겠습니다."

최우덕은 새롭게 설치되고 있는 기계들을 빨리 사용해 보고 싶었다.

다른 공장에서는 시설보다 사람들을 더 고용해서 생산 문제를 해결해 낸다.

그런데 스카이 포레스트는 사람을 많이 고용하면서도 끊임없이 시설과 장비에 엄청난 자금을 투입하고 있었다.

"설치가 끝나면 곧바로 가동시켜 봅시다. 화장품 업계에서 국내 최고 최대 성능이라고 기술자들이 말해줬는데, 어느 정도일지 모르겠네요."

차준후는 새롭게 들어선 시설들의 성능과 생산 효율 등

에 대해서 궁금했다.

생산 라인은 반자동화를 거쳐 빠르게 자동화 단계로 발전해 나갔다.

"정말 환상적입니다. 나날이 좋아지는 최첨단 공장에서 일한다는 사실만으로도 뿌듯합니다."

"아직 많이 부족합니다."

"네? 이게 부족하다고요? 이 정도면 국내에서 가장 좋은 시설을 갖춘 화장품 공장입니다."

"낙후된 국내의 다른 공장들과 비교하면 어떻게 합니까? 스카이 포레스트의 경쟁 상대들은 해외의 유명한 화장품 회사들입니다. 그들과 비교하면 아직도 갈 길이 멉니다."

"사장님의 말씀이 옳습니다. 제가 너무 좁게만 생각했습니다."

생산 라인의 현대화가 조금씩이나마 이뤄졌지만, 버튼 하나만 누르면 생산에서 포장까지 가능한 시대에서 온 차준후의 기준에는 여전히 미치지 못했다.

"요즘 원료 수급 문제는 어떻습니까?"

차준후가 우여곡절 많은 원료에 대해서 물었다.

"수출이 코앞으로 다가온 덕분인지, 정부의 허락으로 인해 글리세린과 파라핀 등의 화장품 원재료의 매입도 어느 정도 숨통이 트였습니다."

귀한 달러가 필요한 시기였다.

수출해야 한다는 조건이 달려 있었지만 정부가 스카이 포레스트에 화장품 원료를 일정 부분 배려해 주고 있었다.

"고마운 일이군요."

"그들이 빠르게 일 처리를 도와준 것은, 결국에는 수출을 많이 하라는 압박이 아니겠습니까?"

"애교 수준의 가벼운 압박이라 괜찮습니다. 원료 수급에 숨통이 트였다는 자체만으로도 만족합니다."

차준후가 결단을 내리면 수출은 언제라도 가능했다.

스스로 만든 화장품에 대한 자신감이 넘쳤다.

만들어 내고 있는 화장품들에 애착을 가지고 있었기에 함부로 수출하지 않고 있을 뿐이었다.

상공부에서도 차준후의 이런 속내를 알고 있었기에 은근하게 압박하고 있을 뿐, 역사적인 화장품의 미국 수출을 간절하게 기다리고 있었다.

화장품 수출은 외부 환경이나 다른 압박이 아닌 차준후의 결단이 필요했다.

"설치를 끝냈습니다. 시험 가동을 해 보시겠습니까?"

기름과 땀으로 범벅이 된 기술자 한 명이 차준후에게 다가와서 보고했다.

최첨단 시설을 직접 시공했다는 자부심으로 가득 넘쳤다.

"물론이죠."

차준후가 운전 버튼을 눌렀다.

우우웅! 우우우웅!

배합기가 웅장한 소리를 내면서 돌아갔고, 개방된 냉동기에서는 시원한 바람이 흘러나왔다.

"잘 돌아가고 있네요."

"다행입니다."

기술자가 안도의 한숨을 내쉬었다.

성삼그룹이 차준후에게 잘못을 저질러서 잘 진행하고 있던 사업에서 쫓겨났다는 사실은 업계에 유명했다.

혹시라도 시설을 잘못 설치했다가 잘못될 수도 있었기에 지엘그룹에서 나온 기술자들은 그야말로 혼신의 힘을 기울였다.

잘 나가는 지엘그룹이지만 기술자들에게 차준후의 심기를 절대 건드리지 말라고 신신당부했다.

"부족한 점이 있으면 언제라도 연락을 주십시오. 곧바로 달려와서 처리하겠습니다."

열심히 배우고 있지만 기술을 비롯한 여러 가지 면에서 부족한 면이 많았다.

사실 기술자들은 어디 가서 크게 대우를 받지 지금처럼 설설 기지 않았다.

1960년대 기계와 설비를 수리할 수 있는 기술자들의

처우는 높았다.

전문적인 기술을 가지고 있는 기술자들이 많지 않았고, 수리하지 못하는 기간 동안 기계를 돌리지 못하면 기업의 손해가 막심하기 때문이었다.

제발 빨리 고쳐 달라고 읍소를 해도 귀한 신분의 기술자들을 콧대를 세우며, 빠른 처리를 위한 급행료를 요구하고는 했다.

"신경을 써 줘서 고맙습니다. 문제가 발생하면 바로 연락드리겠습니다."

차준후는 세심한 배려를 냉큼 받아들였다.

시설과 장비에 문제가 생기면 해결하기 위해 지엘그룹의 기술자들을 박박 굴릴 작정이었다.

원래부터 AS는 설치한 쪽의 문제였으니까.

대량 생산의 길이 약간 열린 스카이 포레스트의 사업은 점점 가속도가 붙기 시작했다.

* * *

"SF-NO.1 판매점을 신청한 곳들을 둘러보러 가려고 하는데, 함께 갑시다."

차준후가 전무실을 방문해서 이야기했다.

"시찰하러 가자는 말씀이시죠? 사장님의 까다로운 기

준을 통과하는 곳들이 얼마나 되는지 궁금합니다."

문상진이 웃음을 머금은 채 따라나섰다.

"자! 그럼 제일 첫 번째로 창천백화점을 살펴보러 출발합시다."

두 사람이 판매점을 선정하기 위해서 가장 먼저 백화점 가운데 최고라고 하는 창천백화점을 둘러보기로 하였다.

서울의 백화점들을 비롯하여 백여 곳이 판매점을 하고 싶다고 신청했다.

서류 심사에서 90% 이상이 탈락하였고, 남은 10%의 장소들을 두 사람이 돌아다녔다.

"창천백화점은 우리 회사 직영점 분위기를 많이 모방했네요."

"저도 그렇게 느꼈습니다."

문상진의 말에 차준후가 동의했다.

스카이 포레스트 직영점을 그대로 가져왔다고 할까.

"이러면 너무 특색이 없는 것 아닙니까?"

"외형은 비슷한데 내부 장식물이나 시설들이 직영점에 비해 열악해 보입니다."

우등생을 따라 한 열등생이 그 부족함을 보여 주는 듯했다. 저렴한 자재들을 이용해서 최대한 외관을 준수하게 꾸민 모습이었다.

차준후가 그런 품질의 차이를 한눈에 알아냈다.

"직영점의 분위기를 최대한 비슷하게 모방해야 판매점에 선정될 가능성이 높다고 사람들은 생각하고 있을 겁니다. 외국인들까지 현대적인 매장이라고 칭송받는 직영점은 대한민국의 유행과 문화를 이끌어 가고 있기 때문입니다."

문상진의 말은 대체로 이런 식이다.

종국에는 스카이 포레스트와 차준후에 대한 칭찬으로 이어진다.

그렇다고 부정할 수도 없는 일이다.

맞는 말이었기에.

스카이 포레스트 직영점은 미래 지향적인 감각으로 만들어졌고, 이는 많은 사업가들과 판매점들의 본보기가 됐다.

효과는 확실했다.

1960년대와 전혀 다른 공간인 스카이 포레스트 직영점의 분위기를 조금이라도 흉내 낸 판매점들의 매출이 올라갔으니까.

"저기 봐! 차준후 사장이야."

"우리 창천백화점에 온 건 처음이잖아. 빨리 윗선에다 보고를 해."

"알았어. 저분들을 극진하게 모시고 있어."

창천백화점의 직원들이 분주하게 움직이면서 수뇌부를

부른다고 난리였다.

"사장님을 알아봤네요."

"음! 백화점 고위층을 만나면 피곤하니까, 이만 물러납시다. 다음 장소부터는 모자라도 쓰고 다녀야겠습니다."

"그런다고 사장님을 몰라볼 것 같지는 않습니다. 영업직 여성들의 눈썰미는 예리하니까요."

차준후와 문상진이 황급히 창천백화점을 빠져나왔다.

모자까지 썼지만, 도처에서 훤칠하고 잘생긴 차준후를 알아보는 사람들이 적지 않았다.

두 사람은 최대한 조용히 예비 판매점들을 답사하고 돌아다녔다.

"마지막으로 신화백화점을 방문합시다."

문상진이 신화백화점으로 들어서자마자 탄성을 내뱉었다.

"와! 여기는 다른 곳들과 다르네요. 천으로 천장을 아주 감각적으로 표현했습니다. 그런데 표현한 게 뭔지 잘 모르겠습니다."

기존의 방문점들은 하나같이 스카이 포레스트 직영점을 모방했다는 느낌이 강했다.

이해가 안 가는 건 아니지만 대동소이했기에 식상함이 컸다.

신화백화점은 달랐다.

스카이 포레스트 직영점의 분위기가 나고 있기는 하지만 거기에서 한 걸음 더 나아가 신화백화점만의 독창성을 선보였다.

차준후와 함께 스카이 포레스트 직영점을 꾸몄던 서은영이 주도한 인테리어였다.

판매점으로 선정되기 위해서 무엇을 부각시켜야 하는지 잘 알았기에, 백화점을 현대화시키는 동시에 독창적인 멋과 아름다움을 가미시켰다.

"서울의 상징을 천장에 담아내고자 황포돛배를 형상화한 것처럼 보여지는군요."

차준후가 웃으며 말했다.

식사 와중에 서은영과 서울의 상징으로 황포돛배 등에 대해서 이야기한 적이 있었다.

'이렇게 활용할 줄은 몰랐는데, 괜찮네.'

흘려듣지 않고 기억하고 있던 서은영이 황포돛배를 신화백화점의 독창성에 녹여 냈다.

"아! 사장님의 말을 들으니까, 딱 어울립니다. 마포나루에 떠다니던 황포돛배 돛대의 모습이네요. 어떻게 알아보신 겁니까? 아니지, 천재인 사장님이니까 보시지마자 그냥 아신 거군요."

"그냥 익숙해서 알게 된 겁니다."

차준후가 서울의 월드컵 경기장을 머릿속에 떠올렸다.

세계인의 축제 한마당인 월드컵에서 대한민국은 세계에 우리 문화를 알리고자 했고, 서울 월드컵 경기장에 한국만의 문화를 듬뿍 담아서 건설했다.

 그리고 서울 월드컵 경기장은 서울의 랜드마크로 자리 잡았다.

 서울 월드컵 경기장의 분위기를 신화백화점 천장을 보면서 느낄 수 있었다.

 "사장님, 개인적인 의견이지만 신화백화점이 가장 마음에 듭니다."

 "저도 좋네요."

 두 사람이 현대적으로 꾸밈과 동시에 한국 전통을 잘 보여 주고 있는 신화백화점을 높이 평가했다.

 "혹시 차준후 사장님?"

 옆으로 다가온 젊은 여인이 조용한 목소리로 물어 왔다.

 백화점에 화장품을 사러 왔다가 보통 한국 남자들보다 머리 하나는 더 큰 차준후를 처음 목격했다.

 모자와 안경을 쓰고 있어서 처음에는 다른 사람이라고 여겼는데, 잘생긴 사내에게 자꾸만 시선이 갔다.

 힐끔힐끔 바라보다 보니 잡지와 사진에서 자주 보던 차준후 사장이라는 걸 알 수 있었고, 곧바로 접근해서 말을 걸었다.

"쉿! 신화백화점을 은밀하게 찾아왔으니까, 조용히 해 주세요."

변장이 들통난 차준후가 여인에게 요구했다.

"사장님! 발각됐어요. 직원들이 아까부터 분주하게 움직이고 있다고요."

문상진의 말처럼 직원들의 움직임이 바빠졌다.

백화점에서 최고로 중요하게 생각하는 VIP의 접근을 윗선에 알린 것이다.

"흠! 이제 그만 갑시다. 더 있다가는 골치 아파지겠네요. 아가씨, 짧은 시간이지만 조용히 있어 줘서 고마웠어요."

차준후가 문상진과 함께 곧바로 현장에서 물러났다.

"아! 정말 멋있는 남자네."

짧은 순간 같은 공간에서 대화했다고 여긴 아가씨의 얼굴이 발그레해졌다.

백화점들을 비롯한 판매점 신청을 한 곳들에서 차준후에 대한 목격담이 마구 터져 나왔다.

이튿날 신문들에 차준후의 기사가 도배됐다.

* * *

「스카이 포레스트 판매점 선정이 멀지 않았다.」

「예비 판매점에 모습을 드러낸 차준후. 모자 쓴 멋진 모습을 본지에서 처음으로 보도한다.」

「단독 보도! 앞으로 서울에서 SF-NO.1 밀크를 구입하기가 보다 쉬워진다.」

「백화점 가운데 과연 누가 승자가 될 것인가. 패배할 경우, 커다란 손해를 보는 건 명약관화이다.」

판매점 선정의 윤곽이 드러나자 이를 두고 갖가지 소문과 말들이 나돌았다.

"이번에도 신화백화점이 낙점을 받았다."

"무슨 소리! 이번에는 백화점 업계에서 가장 잘나가는 창천백화점이라고 했어. 스카이 포레스트에서 일하고 있는 직원에게 들은 극비 정보다."

"신화백화점이 아니면 내 열 손가락에 장을 지지겠다."

"손가락 지지는 일만 남았군."

"그만들 싸워, 대현백화점의 딸이 차준후 사장과 약혼을 올렸다는 이야기가 있어. 이거면 말 다 했지?"

"뭐라고? 그 말이 진짜야."

"대현백화점 딸은 차준후 사장과 같은 대학교를 나왔어. 대학교에서 자주 만나면서 연정을 키웠다고 하더라고."

"그런데 왜 지금까지 대현백화점이 아닌 신화백화점과

거래한 건데?"

"연인들 사이가 항상 좋다는 법이 있는가? 얼마 전까지 크게 싸웠다고 하더라. 지금은 다시 연분홍빛 사랑을 키우고 있는 거고."

"아! 일등신랑감이 이대로 사라지는 거야. 많은 미혼 여성들이 안타까워하겠군."

"누가 뭐라고 해도 승자는 대현백화점이겠네."

"아니야. 내가 알고 있기로는 신화백화점 셋째 딸이 차준후와 그렇고 그런 관계라고 하더라. 그래서 지금까지 신화백화점에 화장품을 넘겨준 거야."

"이야! 차준후 사장이 양다리였어?"

"그럴 수도 있겠네. 아주 나쁜 남자야."

"나쁜 남자가 아니라 누가 봐도 잘난 남자니까, 여자들이 많은 거야. 그걸 양다리라고 말하면 안 되지."

"부러워서 하는 소리야."

확인되지 않은 각종 이야기들이 난무했고, 그 가운데에는 차준후와 관련된 터무니없는 헛소문이 상당했다.

특히 차준후와의 인연이 닿았던 여자들에 대한 이야기들도 함께 떠돌았다.

미혼이면서 사업적으로 승승장구하는 젊은 차준후가 세간의 지대한 관심을 받고 있기 때문이었다.

SF-NO.1 밀크의 국내 판매점을 얻기 위한 경쟁은 상상 이상이었다.

국내에서 인기가 높은 스카이 포레스트 직영점의 매출이 나날이 신기록을 갈아치웠다.

한국인들의 매출보다 외국인들의 매출이 더욱 높았다.

주한미군 군인들을 비롯해서 한국에서 체류하고 있는 외국인들 매출의 일부분을 담당하고 있었고, 비행기와 배를 타고 해외에서 들어오는 외국인들도 SF-NO.1을 사재기했다.

스카이 포레스트 직영점은 외국인들이 필수적으로 방문해야 하는 장소로 떠올랐다.

김포공항에서 고국으로 떠나가는 외국인들의 캐리어 짐 가방에는 SF-NO.1 밀크가 필수품처럼 잔뜩 쌓여 있었다.

판매점을 얻기만 하면 외국인들에게 달러를 벌 수 있다는 말이었다.

정부에서는 적극적으로 외화벌이를 유도하였고, 정책적으로 많은 혜택을 주고 있었다.

이에 많은 국내 기업들이 외화벌이를 도전하고 있었지만, 이 목표가 얼마나 어렵고 무거운 것인지 국내 사업가라면 잘 알았다.

스카이 포레스트가 특이하면서 유별난 것이었다.

국내 판매점으로 선정되기만 하면 백화점 업계에 지각

변동이 일어날 수도 있었다.

과연 어느 업체가 SF-NO.1 밀크의 판매점으로 선정될 것인가?

서울의 모든 백화점들과 매장들이 촉각을 곤두세웠다.

* * *

서은영이 판매점 선정 회견장인 스카이 포레스트 강당에 들어섰을 때는 이미 강당 안이 사람들로 꽉 차 있었다.

SF-NO.1 밀크 판매점을 신청한 서울의 백화점과 매장들의 관계자 그리고 기자 등이었다.

그녀가 백화점 직원들과 앞쪽에 배정된 자리로 걸어가고 있을 때 화려하게 치장한 예쁜 여인과 시선이 마주쳤다.

"은영 언니! 오랜만이에요."

"현희 동생, 그동안 잘 지냈어?"

서은영이 정현희의 옆자리에 걸터앉았다.

스카이 포레스트에서는 백화점 관계자들을 한곳에 모아 놓았는데, 신화백화점 옆자리에 바로 대현백화점 사람들이 모여 있었다.

서울의 백화점 관계자들이 모두 강당에 모였는데, 그들

가운데 경영주의 혈연은 신화백화점의 서은영과 대현백화점 정현희 단 두 명이었다.

스물네 살의 정현희는 대현백화점의 차녀로, 서은영과 언니 동생으로 나름 친한 관계였다.

"언니 덕분에 잘 지냈다고 말하고 싶은데, 정말 야단법석을 떨어야만 했어. 언니네 백화점은 정말 이번 기회에 완전히 뜯어고쳤다면서요?"

"이번 기회에 백화점을 새롭게 단장했어. 판매점을 획득하기 위함이기도 하지만 지나치게 낡은 분위기였으니까. 대현백화점도 상당히 많이 바뀌었다고 들었어."

그녀는 다 알지 않느냐는 표정을 지었다.

그녀 역시 직원들에게 대현백화점을 비롯한 경쟁업체인 백화점에 관한 모든 것을 보고받았다.

상대보다 더욱 세련되면서 쾌적한 분위기를 연출할 수 있게 많은 노력을 기울였다.

스카이 포레스트 직영점의 인테리어와 장식 등을 함께 했던 경험이 많은 도움으로 작용했다.

직영점의 쾌적하고 세련된 인테리어에 신화백화점만의 분위기를 녹여 내면서 백화점을 한 단계 위로 새롭게 발돋움시켰다.

스카이 포레스트 판매점 선정과 별개로 신화백화점의 새 단장은 사람들의 주목을 받고 있었다.

이번 일의 일등 공신은 누가 뭐라고 해도 처음부터 끝까지 진두지휘한 서은영이었다.

"새 단장을 했지만 신화백화점만큼은 아니에요. 직원들 말을 들어 보니까, 이번 선정에서 신화백화점이 가장 앞서 나간다고 하던데요? 그런데 언니는 친한 친구가 불러도 대학동창회에 나오지 않는 차준후 사장과 어떻게 만나는 거예요?"

사업을 하고 난 뒤로 차준후는 대인관계가 협소하기로 악명이 높았다.

어떻게 된 것이 기존에 알고 지내던 친한 사람들이 연락을 해도 일체 만남을 허락하지 않았다.

교통사고가 난 뒤로 사람이 완전히 바뀌었다는 소문이 돌았다.

"집이 가깝잖아. 집에 가다가 우연히 만났고, 그 이후로 꾸준히 연락을 하고 있어."

"와! 정말 운이 좋았네요. 저도 이제부터 차준후 사장이 집에 귀가하는 순간을 기다려야겠어요. 언니 혹시 저와 준후 오빠의 소문 들었어요?"

정현희가 웃으며 재살거렸다.

사실 오빠라고 호칭해도 큰 문제가 없었다.

예전에 몇 번 만났을 때 자신보다 나이 많은 차준후를 항상 준후 오빠라고 불렀으니까.

시찰 〈233〉

호칭과 달리 얼굴만 아는 정도의 데면데면한 사이였다.
 오빠라는 표현에 서은영의 미간이 살포시 찌푸려졌다가 풀렸다.
 "약혼 이야기?"
 "호호호! 그 이야기를 듣고 얼마나 웃었는지 몰라요. 저도 모르는 사이에 약혼남이 생겼더라고요. 이제는 약혼남과 결혼식 날짜도 잡혔어요."
 "싫어할 줄 알았는데, 즐거워 보이네?"
 서은영은 정현희의 태도가 조금 의외였다.
 결혼을 앞둔 상류층 미혼 여성에게 남자들과 엮인 구설수는 좋지 않게 작용한다.
 흠이 될 수도 있는 소문이다.
 "대한민국 여성 모두가 원하고 있는 일등 신랑과 가상 결혼을 할 판인데 왜 싫어하겠어요? 이렇게라도 하면 영광이지요. 결국에는 무산됐지만 집에서 소문을 진실로 만들겠다며 중매쟁이를 보내야겠다는 이야기까지 나왔어요."
 정현희가 서은영만 들을 수 있게 아주 작은 목소리로 말하며 키득거렸다.
 "시집갈 생각은 있나 봐?"
 "지금 누가 마다하겠어요?"
 "그럴 일은 없겠다. 준후는 당분간 사업에만 집중할 모양이니까. 요즘 몸이 열 개라도 부족하다고 하소연하더라."

배시시 웃으며 즐거워하는 정현희의 모습에 서은영이 톡 쏘아붙였다.

"에이! 좋다가 말았네요. 그런데 언니는 준후 오빠와 편하게 이야기하나 봐요?"

정현희가 정말 부럽다는 표정을 지었다.

"부러워할 일도 많다. 나이가 같으니까, 친구처럼 지내는 거야."

말과 달리 내심 뿌듯한 서은영이었다.

오랜만에 만난 두 사람이 재잘거리면서 이야기를 나눴다.

정확히 예정된 시간에 차준후가 강당에 모습을 드러냈다.

"확실히 진짜 잘생기긴 잘생겼네요."

두 눈을 크게 뜬 정현희가 차준후를 뚫어져라 살폈다.

"그렇기는 하지."

서은영의 눈이 차준후를 따라 움직였다.

그녀들뿐만 아니라 사람들의 고개가 조건반사 반응처럼 차준후를 따라서 움직였다.

"안녕하십니까. 스카이 포레스트 사장 차준후입니다."

사람들의 집중적인 시선을 받으며 단상으로 올라선 차준후가 고개 숙여 인사했다.

"원래 선정된 두 곳의 업체에게만 개별적으로 연락할 생각이었는데, 수많은 소문들이 나돌고 있기에 공식 회견으로 바꿨습니다."

공식 회견의 이유를 밝힌 그의 시선이 강당을 살폈다.

"창천백화점이 선정됐다는 데 사실입니까?"

"일찌감치 신화백화점을 선정하셨다고 들었습니다. 이건 기만행위로 보이는데, 어떻게 생각하십니까?"

"얼마 전에 약혼식을 올렸다고 들었습니다. 사랑하는 약혼녀는 이곳에 와 있습니까?"

"선정 이유가 어떻게 됩니까?"

차준후가 아우성치는 기자들의 외침에 미간을 살짝 찌푸렸다.

질문은 질의응답 시간에 별도로 하겠다는 말을 전했는데도 불구하고 처음부터 난리였다.

"지금부터 직원들이 판매점을 신청한 곳들의 분석표와 세부 점수를 매긴 인쇄물들을 배부할 겁니다. 기자님들, 그걸 받고서 제가 이야기를 끝마칠 때까지 기다릴 수는 있겠지요? 이건 단순한 제안이 아닙니다. 원활한 기자회견을 위한 정중한 부탁이라는 걸 유념해 주십시오."

차준후가 방금 전 떠든 기자들과 시선을 마주하면서 또박또박 이야기했다.

"험험! 알겠습니다. 너무 흥분해서 습관대로 질문을 하고 말았네요."

"질의응답 시간까지 기다리죠."

"성질이 나쁘다고 하더니, 사실이었네."

"조용히 해. 쫓겨날 수도 있으니까."

기자들의 중얼거리는 소리가 강당에 울렸다.

심통을 부리는 기자들도 있었지만 차준후의 시선을 접한 뒤에 입을 꾹 다물고 말았다.

몇 번의 기자회견에서 보여 준 차준후의 태도를 기자들이 잘 알고 있었다.

직원들이 기자들과 관계자들에게 인쇄물들을 나눠 주기 시작했다.

"여기 있습니다."

"고마워요."

인쇄물을 받아 든 사람들이 열심히 읽기 시작했다.

그 안에는 선정하는 업체들에 대해서 스무 가지 항목을 두고 점수를 산정했다고 자세히 기록되어 있었다.

위치, 인테리어, 성장 가능성 등 한눈에 보기에도 고심해서 만든 자료였다.

업체들의 점수를 매긴 사람은 단 한 명!

바로 차준후였다.

차준후의 입김에 따라 판매점이 결정됐다.

판단에 주관적인 견해가 들어갈 수밖에 없지만 나름 최

대한 공정하게 판단했다.

탈락했다고 해서 억울하게 생각하면 어쩔 수 없는 일이고.

스카이 포레스트에서 생산하는 화장품을 직접 선택한 업체에 주겠다는데 다른 사람들의 의견을 들을 필요는 없었다.

"인쇄물을 보면 알겠지만 신청한 업체들에 대해서 내부적으로 점수를 매겼습니다. 그리고 그 가운데 두 곳을 선정했는데, 지금 사람들의 주목을 가장 많이 받고 있는 곳이라고 생각하면 됩니다."

차준후는 SF-NO.1 밀크를 판매하는 업체들이 혁신적인 화장품과 함께 정체되지 않고 새롭게 발돋움할 수 있기를 원했다.

"가장 높은 점수를 받은 곳을 발표하겠습니다. 백 점 만점에 구십일 점을 받은 곳입니다."

차준후가 미소를 머금고 잠시 대기했다.

발표 전에 잠깐의 머뭇거림은 높은 단상에 서 있는 사람에게 시선을 집중시키게 만든다.

지금 순간 차준후가 강당의 분위기를 오롯이 지배하고 있었다.

제9장.

판매점 선정

판매점 선정

판매점을 신청했던 사람들의 얼굴에 긴장감이 잔뜩 어려 있었다.

'제발! 첫 번째로 호명되어라.'

서은영이 조마조마한 심정으로 기도했다.

이번 일을 성공시키기 위해 아침부터 밤늦게까지 직원들과 심혈을 기울였다.

최선을 다했는데, 탈락한다면 눈물이 나올 것만 같았다.

'될까? 어려울 것 같은데……?'

재기발랄한 표정을 짓고 있던 정현희는 대현백화점의 선정이 어렵다고 내심 짐작했다.

대현백화점 역시 SF-NO.1 밀크의 판매점이 되기 위해 상당한 노력과 자금을 들이부었다. 선정되지 못하면 상당한 손해를 보게 된다.

"축하드립니다. 첫 번째 판매점으로 신화백화점이 선정되었습니다."

차준후가 미소를 머금으며 발표했다.

그의 시선이 가쁜 호흡을 진정시키려 애쓰고 있는 서은영에게로 향했다.

"부장님! 부장님께서 해낼 줄 알았어요."

"정말 대단한 일을 해내셨어요."

옆에서 직원들이 마구 추켜세우고 있었지만 서은영은 정신이 하나도 없었다.

가슴이 두근거리고 떨렸다.

주르륵! 주르륵!

그녀의 맑은 눈에서 투명한 눈물이 새어 나왔다.

탈락하면 울 줄 알았는데, 선정되었는데도 울었다.

기쁨의 눈물이었다.

울고 있는 사람은 그녀뿐만이 아니다.

"저 혼자 한 일이 아니잖아요. 직원분들의 고생 덕분에 이런 행복한 순간이 찾아왔네요. 모두 고마워요. 말로만 치하하지 않을 거라는 건 알고 있죠? 두둑한 성과급을 기대하세요."

그녀가 손수건으로 눈물을 닦으면서 웃었다.

"많은 성과급 부탁드려요."

"부장님과 함께할 수 있어서 영광이었습니다."

직원들 가운데 상당수도 눈물을 흘리고 있었다.

고생했던 순간들을 떠올리니 정말 감개무량했다.

선정된 신화백화점 사람들이 요란하게 행복한 시간을 즐겼다.

"찍어! 내일 신문 일면에 보도할 수 있는 내용이니까."

"차준후 사장! 여자를 울리다! 제목부터 근사하게 나올 것 같다."

기자들이 플래시를 터트려 가면서 사진을 찍었다.

차준후가 고개를 돌려 강당을 살피자, 실망하고 있는 백화점 관계자들이 보였다. 그렇지만 아직 발표한다고 한 판매점이 한 곳 남아 있었기에 그들이 희망의 끈을 놓지는 않았다.

'응? 저 여인은?'

서은영의 옆에서 한 명의 예쁜 여인이 강렬한 눈빛으로 차준후를 바라보고 있었다.

'정현희!'

하얀색 드레스를 입고 있는 낯선 얼굴에 대한 기억이 떠올랐다.

육체에 남아 있던 서울의 대현백화점 차녀의 기억들이 주마등처럼 스쳐 지나갔다.

육체의 다양한 기억들을 일일이 따지면 피곤해진다.

각양각색의 인연을 있는 그대로가 아니라 새롭게 재현해서 구축할 생각이었다.

언제 또 볼 기회가 있으면 모를까.

지금 차준후에게 있어 정현희는 그냥 길거리를 지나다가 마주할 수 있는 아름다운 여인들 가운데 한 명 정도였다.

마음속에 정리를 끝낸 뒤에 더 이상 관심을 보이지 않았다.

'호흡 조절해! 최대한 예쁘게 보이자.'

시선이 마주치자 정현희가 가빠지려는 호흡을 진정시키며 긴장했다.

가상이지만 소문에 의해 약혼을 치르고 결혼식까지 예약하지 않았던가!

호감을 가진 남자에게 최대한 아름답게 보이고 싶은 게 그녀의 속마음이었다.

'왜 예전에는 저 남자의 잘난 모습을 몰랐을까? 대학교에서 알았다면 어떻게든 남자친구로 만들었을 텐데…… 정말 아쉽다.'

그녀의 눈에 비친 강단 위에 선 잘생긴 차준후가 홀로 빛나 보였다.

훤칠한 차준후가 고개를 돌렸다.

예쁘장한 여인의 열렬한 시선을 받고 있다고 해서 차준

후가 별다른 관심을 둘 리가 없었다.

'쳇!'

정현희가 속으로 혀를 찼다.

아쉬웠다.

뚫어져라 서로를 마주하던 시선이 풀어졌지만 조심스럽게 머리와 옷매무새를 정갈하게 매만졌다.

'저렇게 잘생기지 않았으면 관심을 가지지 않았을지도 몰랐는데, 괜히 사귀고 싶어지잖아.'

그녀는 능력도 중요하게 생각하지만 남자의 얼굴을 가장 먼저 보는 여자였다.

다시 시선을 마주칠 수도 있었기에 아름답게 보이기 위해 노력했다.

정현희가 조용히 차준후를 빤히 응시했다.

"여러분! 아직 선정할 업체가 남았습니다."

차준후의 부드러운 목소리가 강당에 울렸다.

"조용히 해."

"다른 한 곳도 이제 발표하려나 봐."

"정숙해야 말하는 사람이잖아. 돌아다니지 말고 자리에 앉으라고."

웅성거리던 실내가 다시금 조용해졌고, 사람들의 시선이 차준후에게로 집중됐다.

알아서 분위기를 조성하는 사람들을 보면서 차준후가

웃었다.

턱을 치켜들고 단상 위에서 아무런 말 없이 몇 걸음을 당당하게 걸었다.

몇 걸음에 불과했지만 조용해진 강당에서 발소리만 들렸고, 사람들의 집중력이 올라갔다.

아주 만족스러웠다.

기분 좋은 침묵을 잠시 즐겼다.

임준후로 오대양에서 근무할 때 프레젠테이션을 경영진과 임원들 앞에서 한 적이 몇 번 있었다.

연구 성과와 앞으로의 사업적인 미래 등 여러 측면을 다루는 발표회에서 기립박수를 받기도 했다.

사원으로 높은 분들 앞에서 눈치를 살펴 가며 조심스럽게 발표하는 것과 사장으로서 가장 높은 위치에 서서 주목받으며 당당하게 말하는 건 하늘과 땅 차이였다.

현재를 즐기는 차준후에게서 임준후로서 갈고닦은 기술과 언변 등이 꽃을 피웠다.

"두 번째 선정을 두고서 고심했습니다. 87점으로 동률인 업체가 두 곳이었기 때문입니다. 사실 어느 쪽에 중점을 두느냐에 따라 선정이 달라질 수 있을 만큼 박빙이었습니다. 그렇지만 한 곳을 정해야만 했고, 미래 성장에 초점을 맞춰서 업체를 선정하기로 결론 내렸습니다."

차준후가 다시금 발표를 이어 나가기 시작했다.

의도적으로 잠시 말을 멈췄다.

좌우를 살펴보자, 백화점 사람들을 비롯한 관계자들이 숨이 넘어갈 듯한 표정을 지었다.

동점이 있다는 뜻밖의 이야기에 잔뜩 긴장한 채 자신들의 업체 이름만 불리기를 기다리고 있었다.

"영등포에 위치한 아은상회입니다. 축하드립니다."

차준후가 호명했다.

"와아아! 해냈다."

"우리의 이름이 불렸어!"

"야호!"

가장 앞쪽 아은상회라는 팻말이 붙어 있는 곳에 자리한 사람들이 크게 기뻐했다.

생소한 업체의 이름이었다.

"아은아! 수고했다."

지팡이를 쥐고 있는 허연 백발의 노인이 옆에 있는 묘령의 여인을 바라보며 말했다.

"아버지께서 전폭적으로 지원해 주신 덕분이에요."

박아은이 기쁨을 숨기지 못했다.

해외의 값비싼 대리석과 귀한 물건들을 아낌없이 사용해서 아은상회를 꾸몄다.

돈으로 발랐다고 해도 과언이 아니었다.

"부사장도 수고하셨소."

"제가 한 손을 거들기는 했지만 어르신의 도움이 없었더라면 선정되기 어려웠을 겁니다."

성운 유통사 유준수가 박공현에게 공을 돌렸다.

SF-NO.1 밀크의 판매점을 만들기 위해 불철주야 노력했고, 박공현과 연을 맺을 수 있었다.

"부사장의 노고를 잊지 않으리다."

"감사합니다, 어르신."

고개를 숙인 유준수가 두 주먹을 불끈 쥐었다.

박공현의 말이 그냥 단순한 인사치레가 아니라는 걸 누구보다 잘 알았다.

이제 성운 유통사의 후계자 선정은 끝이 났다고 봐도 무방했다.

"어라! 저 사람은? 영등포의 박 영감이잖아."

"박 영감이 누군데?"

"기자라는 사람이 사채시장의 돈 귀신을 몰라? 대한민국에서 현금이 많기로 소문난 사람이다."

박공현은 영등포에서 사채를 크게 놀리고 있는 사람이었다.

다른 사채업자들에 비해 유망한 기업들에게 저리로 거액의 사채를 빌려준다.

성삼그룹의 회장을 비롯한 재계의 사업가들이 돈 급할 때 박공현을 찾아간다는 말이 떠돌았다.

그만큼 엄청난 현금을 보유하고 있는 박공현이 스카이포레스트의 판매점 선정 장소에 나타났다.

놀라운 사실이었다.

'사채업자와 관련된 업체라고?'

들려오는 기자들의 이야기에 차준후가 살짝 놀랐다.

업체만을 보고 선정했기에 사채업자와 연결되어 있다고 해서 딱히 바뀔 건 없었지만, 그래도 선입견이라는 게 있었으니까.

사채업자라는 사실만으로 비난을 받을 수 있었다.

차준후가 건장한 체격의 사내들에게 둘러싸여 환호하고 있는 아은상회를 살폈다.

때마침 박공현과 시선이 마주쳤다.

흐뭇하게 웃고 있는 박공현이 살짝 고개를 숙이며 인사를 해 왔다.

그 옆의 박아은과 유준수도 고맙다는 인사를 건네 왔다.

차준후가 아무 말 없이 가볍게 고개를 까딱거렸다.

"백화점들 두 곳이 뽑힐 줄 알았는데, 백화점은 신화백화점만 유일하게 선정됐어."

"사채시장의 돈 귀신인 박공현이 배경으로 있는 아은상회라면 백화점을 이길 수도 있지."

"저 여인이 박공현의 열세 번째 막내딸인가? 노인네가

참으로 정정하기도 하다니까."

사람들이 선정된 업체들을 두고 수군거렸다.

좋아하는 신화백화점과 아은상회 사람들과 달리 탈락한 업체의 관계자들 안색이 창백해졌다.

신화백화점 제외한 다른 백화점, 특히 서열 1위인 창천백화점과 서열 2위인 대현백화점 사람들은 마치 악몽에 빠진 듯 보였다.

"이러면 안 되는데……."

"백화점 서열이 뒤바뀔 수도 있는 일이야."

충격은 상상 그 이상이었다.

SF-NO.1 밀크를 판매할 수 있게 됐다는 사실만으로 외국인들이 물밀듯이 밀려오리라!

가난한 한국인들과 달리 외국인들은 달러를 펑펑 쓸 수 있었다.

신화백화점 입장에서 큰 폭의 매출 성장을 만들 수 있다는 뜻이었고, 다른 백화점들은 그런 모습을 손가락만 빨면서 지켜봐야만 한다.

"질의응답 시간은 회사의 문상진 전무님이 대신하겠습니다."

차준후가 한쪽에 대기하고 있던 문상진을 불렀다.

기자들과 탈락한 업체들을 훑어보자, 미친 듯이 질문할 사람들이 많아 보였다.

일일이 대응하는 건 무척 피곤하고 번거로운 일이기도 했고, 문상진을 외부에 알릴 필요도 있었다.

"잘 부탁합니다."

차준후가 귀찮고 번거로운 시간을 문상진에게 떠넘기고서 강당에서 나갔다.

"먼저 저를 소개해 준 대표님께 감사드립니다. 문상진 전무입니다. 지금부터 질의응답 시간을 갖겠습니다."

보무도 당당하게 단상에 올라온 문상진이 차준후에 대한 감사 인사를 시작으로 입을 열었다.

심장이 요란하게 쿵쾅거렸다.

많은 사람들의 집중적인 시선을 받자 온몸에서 열기가 치솟았다.

한때 학자로서 학회에 나가 발표하는 걸 꿈꿨었다.

약간 다르기는 하지만 비슷한 자리였다.

보는 관점에 따라 더욱 높아졌다고 할 수도 있었기에 기분이 좋아졌다.

"창천백화점이 떨어진 이유는 무엇입니까? 납득할 수 없습니다. 그러니 점수를 공개해 주십시오."

"신화백화점과 아은상회, 모두 기존 기래치들이 선정되었습니다. 사전에 미리 선정해 둔 것 아닙니까? 진실을 밝혀 주십시오."

"문상진 전무가 아니라 차준후 사장에게 직접 듣고 싶

습니다."

"맞습니다. 차준후 사장님이 단상에 올라와 주세요."

사람들이 아우성쳤다.

떨어진 업체들에서는 납득을 하지 못해 난리였고, 기자들은 기삿거리를 잔뜩 주는 차준후 사장과의 시간을 원했다.

차준후가 사라진 강당은 시장바닥처럼 난잡해졌다.

문상진이 잠시 동안 아무런 말도 하지 않고 서늘한 눈초리로 그저 가만히 사람들을 지켜만 봤다.

당연히 차준후를 보고 배운 것이었다.

차준후의 분위기를 닮은 문상진으로 인해 사람들의 분위기가 조금 가라앉았다.

* * *

"여러분! 이러면 질의응답 시간을 가질 수가 없습니다. 지금부터 손을 들면 제가 한 분씩 지명을 해 드리겠습니다."

문상진이 분위기를 진정시켰다.

눈치 빠른 사람들이 문상진의 말이 끝나기도 전에 재빨리 손을 번쩍 치켜들었다.

"창천백화점에서 오신 분! 말씀하세요."

"창천백화점의 상무 정인표입니다. 창천백화점은 이번 탈락을 받아들일 수 없습니다. 재고해 주셨으면 합니다."

"탈락 점수는 밝혀드릴 수 없습니다. 다만 다른 두 곳의 업체에 비해 점수가 부족했다는 사실만 알려 드리겠습니다. 당연히 재고할 생각은 가지고 있지도 않습니다."

"탈락 사유를 명확하게 밝혀 주십시오."

"여기는 토론의 장이 아닙니다. 다른 분 질문을 받겠습니다."

날카롭게 불만을 끊어 버린 문상진이 창천백화점 상무에게서 시선을 거뒀다.

이 자리는 탈락한 업체의 하소연을 들어 주는 자리가 아니었다.

불편한 질문에 친절하게 대답해 줘야 할 의무가 없다.

만족스럽지 못한 대답에 불쾌해하는 사람들이 있었지만, 문상진은 물 만난 물고기처럼 편안하게 질의응답을 이어 나갔다.

"대현백화점의 젊은 여성분! 말씀하시죠."

"향후 추가 판매점 선정 계획은 있나요?"

정현희가 의자에서 일어나 문상진에게 질문했다.

"판매량을 지켜보면서 결정할 문제입니다. 현재로서는 계획에 없지만 판매량이 늘어난다면 추가로 판매점을 선정할 수도 있습니다."

"긍정적인 답변, 고마워요."

정현희가 자리에 앉으면서도 크게 실망을 한 표정이 아니었다.

'떨어질 줄 알았어.'

필사적으로 노력한 신화백화점과 달리 대현백화점은 여유롭게 대응했다.

나름 열심히 준비했다고 하지만 그녀의 눈에 비친 모습은 한참 부족해 보였다.

'백화점 서열 2위를 믿고 너무 나태하게 대응한 거야.'

대현백화점 경영진은 두 곳의 판매점을 창천백화점과 함께 나눠 갖는다고 판단했다.

서울에서 가장 잘나가는 업체는 단연코 창천백화점과 대현백화점이었기 때문이었다.

그 나태한 판단이 결국 탈락으로 이어지고 말았다.

'오빠들의 경영 실수야.'

화장품과 패션 등 뷰티에 관심이 많은 그녀는 백화점에 이름을 올리고 있었지만, 실질적으로 근무를 하지는 않았다.

무늬만 백화점의 임원이었고, 결혼하기 전에 모양새를 좋게 만들기 위한 안배일 뿐이었다.

'잘나간다는 건 대단한 거구나.'

그녀에게 차준후가 너무나도 매력적인 모습을 보여 줬다.

단상 위에서 강당 안을 홀로 지배하면서 빛나던 순간!

전율스러웠던 모습을 떠올리자 심신이 녹아내리는 것만 같았다.

'나도 잘나가고 싶어!'

좋은 집안에 태어난 걸 감사하게 살아오던 정현희는 새로운 세상에 대해 눈을 떴다.

국내에서 제일 잘나가는 젊은 남자는 단연코 차준후였다.

전국민적인 신드롬을 일으키고 있었고, 각종 화제를 달고 다녔다.

사람들에게 제일 잘나간다는 사실을 제대로 각인시켰다.

잘 나가는 차준후의 여유로움과 우월함 등을 지켜보니, 자연스럽게 그런 삶을 동경하게 됐다.

'누구보다 더 내가 잘나가고 싶다.'

지금껏 살아왔던 그녀의 평온한 삶에 변화가 크게 일어나려고 했다.

"언니, 선정을 축하해요."

"고마워."

"저희 먼저 일어날게요."

"그래. 다음에 보자."

정현희가 직원들을 이끌고 강당을 나섰다.

서은영은 지금껏 느껴 보지 못했던 최고의 성취감을 경

험하고 있었다.

"우리도 가요. 이 기쁜 소식을 백화점에 돌아가서 이야기해야죠."

그녀가 직원들을 대동한 채 걸음을 옮길 때마다 자신도 모르게 웃음이 나왔다. 승리한 개선장군처럼 보무도 당당하게 걸었다.

방금 전 차준후의 입에서 나왔던 축하 이야기가 자꾸 뇌리에 떠올랐다.

"타시죠, 아가씨. 그리고 축하드립니다."

빨간 차가 있는 곳에 도착하자, 기사가 재빨리 문을 열었다.

"고마워요."

가죽 시트에 몸을 기대자 진한 안도감이 밀려왔다.

* * *

"그래, 자네 말대로 별다른 반응을 보이지 않는구먼."

박공현이 막내딸과 함께 나오면서 유준수에게 말을 걸었다.

"네, 원래 차 사장님이 성격이 그렇습니다. 선입견을 가지고 사람을 대하지 않습니다."

"가만히 인사해 오는 모습이 인상적이었어."

막대한 돈 때문에 대우를 받고 있지만 사채꾼이라며 사람들에게 인간 취급을 받지 못하기도 했다. 대놓고 앞에서 말을 안 해도 꺼려 하는 사람들이 많은 게 사실이었다.

그저 가만히 묵례를 해 온 차준후에게서 어떠한 거리감도 느끼지 못했다.

"언제 한 번 따로 만나 보고 싶은 인물이야."

"자리를 한번 마련해 보겠습니다."

"바쁜 사람한테 오가라고 할 생각 없네. 언젠가 기회가 닿겠지."

박공현은 차준후를 조금 더 알고 싶었다.

막내딸 박아은의 부탁으로 아은상회에 막대한 현금을 쏟아부었다.

사채업은 엄청난 이익을 내고 있었고, 아은상회에 투자한 돈은 박공현에게 많은 돈이 아니었다.

그가 굴리는 사채자금을 모두 동원하면 서울 땅을 모두 살 수 있다는 말이 떠돌 정도였다.

"어떻더냐?"

박공현이 박아은을 쳐다보며 물었다.

"살생기고 당당해서 보기 좋있어요."

박아은이 차준후를 떠올리면서 이야기했다.

진지하고도 패기 넘치는 태도, 단상에서 보여 준 자신감 넘치는 말투, 사업적으로 성공한 사람의 정열 등 전체적으로 빛나는 사내였다.

"남자로? 들어 보니 젊은 여성들 사이에서 대단한 인기를 누리고 있다고 하더구나."

"그런 건 아니에요. 전 아빠처럼 돈이 좋아서 판매점에 뛰어든 거라고요."

묘한 표정으로 쳐다보는 박공현에게 박아은이 분명하게 선을 그었다. 그러면서 기회가 닿을 때마다 자신을 시집보내려고 하는 박공현에게 볼을 부풀렸다.

"좋은 사내다. 여자는 저런 사내 옆에 있으면 행복한 거야."

"네, 네, 그렇겠지요."

결혼하고 싶은 생각이 없는 박아은이 대수롭지 않게 대답했다.

"지금의 전 남자가 아니라 많은 돈을 원한다고요. 아빠보다 더욱 많은 돈을 벌 생각이라고요."

돈!

그녀는 돈을 갖고 싶어 하는 욕망이 엄청났다.

결혼이 아닌 사업에 의욕을 드러냈다.

만약 박공현이 허락했다면 사채업을 했을지도 몰랐다.

박공현의 거센 반대에 부딪쳐서 사채업을 하지 못하고 있었는데, 그녀의 눈에 들어온 것이 바로 스카이 포레스트의 판매점이었다.

강렬한 돈 냄새를 맡은 그녀는 다짜고짜 아은상회를 설립해 달라고 박공현에게 부탁했고, 막대한 자금지원을 받아 유준수와 함께 협업했다.

"돈을 억수로 벌려면 차 사장과 만날 일이 많아야 할 거다. 잘 지내봐라."

"물론이죠. 사업적으로 잘 지낼 테니까, 걱정하지 마세요. 많은 이익을 가져다줄 사람에게 은인처럼 잘 대해 줘야 한다고 아빠가 항상 말했잖아요. 저도 잘 알고 있어요."

박공현이 피식 웃었다.

막내딸은 아무래도 자신처럼 돈에 대한 동물적인 감각을 타고 태어난 듯 보였다.

'에잉! 딸이 아니라 사내로 태어났어야 하는데…….'

막내딸을 볼 때마다 참으로 안타까운 점이었다.

'아니지. 딸이니까 잘 난 사위를 들이면 되잖아. 이러면 일거양득이야.'

더 지켜봐야겠지만 박공현은 차준후에 대한 욕심을 버리지 않았다.

"축하드립니다, 막내 아가씨."

"축하드립니다, 막내 아가씨."

공터에 도착하자 짧은 상고머리를 한 대여섯 명의 사내들이 일제히 고개를 숙이며 외쳤다.

"밖에서 이렇게 하지 말라고 했잖아요. 이러면 사람들

이 우리를 이상한 눈빛으로 쳐다본다고요."

박아은이 얼굴을 찌푸렸다.

몇 번이나 말했지만 고쳐지지 않았다.

아니나 다를까.

강당에서 빠져나온 사람들이 지켜보면서 수군거리고 있었다.

"괜찮다. 남들의 시선 따위는 신경 쓸 필요가 없어. 우리가 당당하면 그만이다."

박공현은 사람들의 시선에 눈썹 하나 까딱하지도 않았다.

이들은 그를 보호해 주고 있는 경호대였다.

막대한 현금을 가지고 있기 때문에 그를 노리고 있는 불온한 자들이 많았다. 안전보장 때문에 움직일 때마다 최소 십여 명의 경호대를 동원하고 있었다.

"자네 아버지에게 잘 이야기해 놓겠네. 이제 그쪽 걱정은 내려놓고 사업에만 신경을 쓰면 될 거요."

박공현이 유준수의 후계자 다툼에서 손을 확실하게 들어 주겠다고 확실하게 선언했다.

사세를 키우고 있는 성운 유통사에도 박공현의 자금이 상당히 들어가 있었다.

박공현의 이야기면 유준수의 아버지도 눈치를 살펴야만 했다. 그렇기에 성운 유통사 후계자는 유준수로 확정

됐다고 해도 결코 과언이 아니었다.

"신경 써 주셔서 감사합니다, 어르신."

앓던 이를 뺀 느낌에 유준수가 허리를 숙였다.

이런 걸 바라고 박아은과 협업을 한 건 아니었지만 그래도 좋았다.

　　　　　＊　＊　＊

「차준후, 여자를 올리다.」
「충격적인 스카이 포레스트 판매점 발표 현장」
「신화백화점과 아은상회 선정」
「SF-NO.1 밀크의 판매점이 늘어난다.」

"천하일보 있어요?"

길가에 세워진 간이 상점에 온 사내가 물었다.

"아니요. 다 나갔어요."

"천하일보가 차준후 사장 관련된 일에는 가장 괜찮은 것 같은데…… 그럼 아무 신문이나 하나 주세요."

"여기 있습니다."

상점 아저씨가 동양일보를 한 부 건넸다.

"차준후 사장이 사진으로 올라온 천하일보는 없나요?"

"모두 판매되었습니다."

"아! 아쉽네요. 그럼 많이 파세요."

그 모습을 지켜보던 여인이 휙 하니 돌아가 버렸다.

"에잉! 이래서 내가 천하일보를 많이 받자고 했잖아."

상점 아저씨가 한쪽에서 물건들을 정리하고 있는 부인에게 소리쳤다.

"이럴 줄 알았나요? 안 팔리면 손해이니까, 적당히 받았던 거죠."

"천하일보 신문 보급소에 갔다가 올게."

"신문 많이 가지고 오세요."

상점 아저씨가 천하일보 신문 보급소를 뛰어갔다.

차준후와 관련된 기사가 보도되면 신문 판매량이 평소보다 몇 배로 늘어났다.

"하늘숲 우유 화장품을 사려면 한 곳뿐이라 불편했는데, 잘됐다. 영등포면 집하고 가까워서 좋네."

"역시 차준후 사장이 가려운 데를 싹싹 긁어 줄 줄 안다니까."

"요즘 신화백화점이 완전히 바뀌었다고 들었어. 그렇지 않아도 가 보고 싶었는데, 백화점에 가서 천림 화장품을 사야겠다."

"스카이 포레스트는 이름이 대체 몇 개야? 천림, 하늘숲! 사람들이 부르고 싶은 대로 말하는 데, 신기하게도 또 그걸 상대방이 알아들어."

"크크크! 워낙 유명하잖아. 유명해졌으니까, 이제는 그런가 보다 하는 거지."

"일단 유명해지고 봐야겠다. 그러면 다 통하니까."

"맞는 말이야."

사람들이 스카이 포레스트와 차준후에 대한 이야기꽃을 피웠다.

SF-NO.1 밀크의 납품은 선정 이튿날부터 곧바로 이뤄졌다.

신화백화점이 평소보다 많은 사람들로 붐볐다.

밀크를 사기 위해서 외국인들이 몰려온 것이다.

에어스푼

"백화점에서 밀크를 살 수 있으니까 좋아."
"화장품과 함께 한국의 전통적인 물건들도 구경하니까 좋다. 한국에 온 보람이 있어."
"그런데 한국 백화점들도 인테리어 수준이 상당하네. 이 정도면 미국 백화점에 비해서도 크게 부족하지 않아 보여."
"너도 그렇게 느꼈어? 나도 괜찮다고 생각했어."
미국에서 온 외국인 여성 두 명이 영어로 빠르게 이야기를 나눴다.
"대한민국이 세계 최빈국으로 알고 있는데, 그런 것도 아닌가 봐."
"백화점 수준도 놀랍고, 안티 에이징 화장품인 밀크를

세계에서 유일하게 생산하고 있다는 것도 놀라워."

신화백화점을 방문한 외국인들 상당수가 대한민국과 스카이 포레스트에 대해 놀라워했다.

대부분 한국인들은 두 사람의 대화 내용을 몰랐으나, 일부 사람들은 아니었다.

백화점에 온 한국인들은 소위 잘 사는 사람들이 많았고, 그들 가운데에는 일부는 영어로 대화가 가능했다.

그들은 들려오는 외국인들의 대화 이야기에 뿌듯했다.

"만년 3위에 머물고 있는 신화백화점에도 햇볕이 쨍하고 들었네."

"1위로 치고 올라갈 수도 있어. SF-NO.1 밀크의 판매가 어마어마하다고 하네. 외국인들이 잔뜩 몰려들었어."

"그럴 수도 있겠다."

"외화를 벌어온다니, 이 얼마나 대단한 일인가."

"국내 가격보다 비싸게 팔아도 외국인들이 달러를 잔뜩 내밀고 있어. 더 이상 말할 필요도 없는 거지."

"대한민국에 참 대단한 기업이 나타났어."

"암! 자랑스러워할 수 있는 훌륭한 사업가의 등장이야."

한국인들은 외국인들에게 인정받은 스카이 포레스트에 대한 뿌듯함을 가지고 있었다.

취했다고 할까?

시간이 지날수록 뿌듯함과 자부심 등의 마음이 더욱 강렬해졌다.

"국내에서만 잘나가는 다른 한국기업들과는 완전히 달라."

"오히려 외국에서 더 인정을 받고 있는 게 대단한 거지."

"스카이 포레스트가 대한민국의 국위를 세계에 선양하고 있네."

신화백화점 1층에 마련된 대형 스카이 포레스트 점포에 외국인들이 잔뜩 몰려들었다.

달러를 두툼하게 내밀고 SF-NO.1 밀크를 잔뜩 구매해 갔다.

외국어가 가능한 직원들이 외국인들을 상대하느라 분주했다.

"불티나게 팔리고 있구나. 봐라! 이게 네 동생 은영이가 해낸 결과다."

사장인 서해준이 직접 와서 스카이 포레스트 점포의 현황을 파악했다.

그의 옆에는 한 명의 번듯한 사내와 서은영이 함께하고 있었다.

"……."

움찔한 서은태가 고개를 돌려 서은영을 살폈다.

서은영이 뿌듯한 표정으로 점포를 바라보고 있었다.

'젠장! 요즘 들어서 자꾸 백화점에 참견하고 난리야. 이러다가 문제가 생길 수도 있겠어.'

백화점 후계자인 서은태가 동생을 경계했다.

서해준 앞에서 밝혀봤자 좋지 않았기에 그런 속내를 최대한 감췄다.

"수고했다. 네 덕분에 백화점에 활기가 도는구나."

서은태가 여동생을 추켜 세웠다.

"고마워, 오빠."

서은영이 환하게 웃었다.

"오늘이 신화백화점 최고의 매출을 기록하는 날이 되겠구나."

"앞으로 더 나아질 거예요. 앞으로 지속적으로 최고 매출을 깨뜨릴 수 있다고 봐요. 그러기 위해서는 불편하고 부족한 백화점 시설들을 계속 바꿔 나가야 하고요."

서은영의 이야기에 두 사람이 난처한 표정을 지었다.

판매점으로 선정되기 위해 들어간 돈만 해도 엄청났다.

무리해 가면서까지 백화점을 뜯어고쳤다.

여기에 또 돈을 투자해야 한다고?

이제 돈을 벌어들이면서 지갑을 두둑하게 만들려고 했다.

투자를 반기지 않는 두 사람이 뜨거운 서은영의 시선을 슬쩍 피했다.

"멈춰 있으면 도태되고 말아요. 준후는 계속해서 새로운 화장품을 만들어 낼 거고, 돈이 아까워서 투자하지 않으면 결국 다른 백화점들에게 판매점을 빼앗길 수도 있다고요."

"뭐? 이번 한 번으로 판매점이 끝난 거 아니야?"

서해준이 당황한 표정을 지었다.

"아니에요. 이번 판매점에 대한 기한은 1년에 불과해요. 기준을 충족시키지 못하면 판매점 승인이 언제든지 취소될 수 있다고 계약서에 적혀 있어요."

"뭐라고? 완전히 불공정 계약이잖아."

"어쩌겠어요. 칼자루를 쥐고 있는 쪽은 스카이 포레스트인데. 그러니까 벌어들이는 수익을 아끼지 말고 투자해야 한다고요."

"……알았다. 괘씸한 녀석은 요즘 뭐 하고 있는 거냐?"

서해준이 마지못해 승낙하면서 불쾌하게 생각하고 있는 사내의 근황에 대해 물었다.

"괘씸한 녀석 아니고, 잘난 준후는 이제 곧 들여오는 첨단장비인 에어스푼으로 대중적이면서도 놀라운 화장품을 만들어 낼 거라고 했어요."

서은영이 판매점 승인 계약서와 납품계약서를 작성하러 갔을 때 차준후와 대화하면서 알게 된 내용이었다.

"그 녀석이 입 밖으로 꺼냈을 정도면 세상이 다시 한번 뒤집히겠구나. 새로운 화장품은 납품이 가능하다고 하더냐?"

괘씸하다는 단어를 뺀 서해준이 물었다.

여전히 괘씸하다고 생각하고 있었지만 백화점 매출이 먼저였다.

"가격이 저렴한 대중적인 화장품이기에 모든 거래처들에게 납품이 가능하다고 했어요."

"음! 대중적인 화장품이라면 SF-NO.1 밀크보다 더욱 파급력이 있을 수도 있겠다."

"저도 그렇게 생각하고 백화점에 대한 투자를 더 해야 한다고 말한 거죠."

"넌 그런 사실을 왜 지금 이 자리에서 이야기하는 거냐? 그걸 알았으면 부사장인 나에게 빨리 알렸어야지."

대화를 가만히 듣고 있던 서은태가 한소리를 했다.

서해준이 굵직한 결정을 하고 있었지만 백화점 업무의 대소사 대부분을 책임지는 건 서은태였다.

"미안해, 오빠. 계약서를 쓰자마자 곧바로 매장으로 달려와서 미처 이야기할 시간이 없었어."

서은영이 고개를 숙였다.

"바쁘게 움직인 걸 모르고 말한 나 역시 미안하다."

서해준의 시선이 머물고 있다는 걸 알아차린 서은태가 불편한 속마음을 감춘 채 사과했다.

남매의 화기애애한 분위기에 서해준이 흐뭇한 표정을 지었다.

* * *

"이런 자리에 불러 주셔서 정말 영광입니다."

칠천리 신판정이 눈앞의 엄청난 기계에 강한 흥미를 드러냈다.

"직접 보시니 느낌이 어떤가요?"

차준후가 기술자의 순박한 모습에 미소 지었다.

"환상적이라는 말이 딱 어울립니다. 이게 그때 말했던 그 기계입니까?"

"맞습니다. 에어스푼입니다."

마침내 에어스푼이 국내 최초로 스카이 포레스트 공장에 설치되고 있었다.

독일 기술자들이 분주하게 움직일 때마다 분해됐던 부품들이 하나씩 조립되어 갔다.

에어스푼이 점점 육중한 모습을 드러냈다.

에어스푼!

독일의 무인비행기이자 로켓인 V2에 적용된 원리를 원용하여 개발된 공기압 분리 방식의 고성능 미세 제분기!

에어스푼을 한국 돈으로 환산하면 무려 160만 3800환으로, 최초로 구입했던 용산 공장보다 2배 이상의 몸값을 자랑하는 이 시대의 최첨단 설비이다.

"크기가 엄청나군요. 압도되는 느낌입니다."

"높이 12미터에 무게가 4톤입니다. 35마력의 동력이 필요하죠."

"괴물이군요."

신판정이 혀를 내둘렀다.

에어스푼은 엄청난 높이로 인해 공장 지하실에서 지상 삼층에 걸쳐 설치되고 있었다.

독일 알폰사의 기술자들이 땀을 뻘뻘 흘리면서 설치하고 있었고, 그 옆에서 차준후와 신판정이 관람하는 중이었다.

"그렇지도 않습니다."

차준후는 이보다 작으면서 놀라운 성능을 내는 기계들도 알고 있었다.

방앗간 제분기처럼 생긴 촌스러운 외형의 에어스푼을 보니 살짝 실망하기도 했다.

물론 최신기계를 보유하게 됐다는 기쁨이 더욱 컸다.

"이보다 더한 괴물도 있습니까?"

"……그건 아니고요. 성능을 높일까 생각했던 겁니다."

무심코 말한 차준후가 내심 놀랐다.

이 시대에 에어스푼보다 더욱 뛰어난 미세제분기는 존재하지 않았다.

"아! 저번에 말했던 성능 향상 이야기군요. 언뜻 봐도 최첨단 기술이 들어간 고성능 미세 제분기인데, 사장님은 성능을 더욱 높일 방법을 알고 계신 거군요. 정말 놀랍습니다."

신판정의 눈이 커졌다.

"이미 세상에 나와 있는 기술입니다."

차준후가 알고 있는 지식을 그냥 꺼내기만 할 뿐이다.

지식을 알지만 그걸 현장에서 사용할 수 있게 만들 수 있는 엔지니어는 아니었기에 신판정을 설치 현장에 데리고 왔다.

"대단하십니다. 오랜 시간 기름밥을 먹어 가면서 괜찮은 실력을 가지고 있다고 인정받는 저조차 기술들을 현장에 제대로 적용하지는 못합니다. 사장님은 죽어 있는 기술을 살아 있게 만드는 겁니다."

신판정이 차준후를 존경 어린 눈빛으로 쳐다보았다.

기술들을 적재적소에 딱 필요하게 이용하는 사람은 극히 적었다.

그게 가능한 사람들은 소위 천재였다.

"제가 기술적인 부분을 설명할 테니, 에어스푼을 한번 손봐주시겠습니까?"

과도한 칭찬에 겸연쩍었지만 차준후는 에어스푼의 성능을 끌어 올릴 작정이었다.

"제가 부탁하고 싶은 일입니다."

"감사합니다."

"고성능 미세 제분기에서 나오는 가루로는 성이 차지 않는 겁니까? 아주 고운 가루가 필요한 모양입니다."

신판정은 차준후가 원하는 걸 짐작했다.

"맞습니다. 새로운 화장품을 만들려고 하는데, 가루가 고울수록 좋습니다."

"이번에도 혁신적인 화장품입니까?"

"혁신적이라기보다 아이디어가 번뜩이는 대중적인 화장품입니다. 기존의 화장품에서 한 단계 진보했다고 할까요? 번거로움을 줄이고 쉽고 간단하게 사용할 수 있다고 보면 됩니다."

이번에 개발해서 발표할 화장품은 SF-NO.1 밀크처럼 고가의 화장품이 아니었다.

이 화장품은 세계에서 1초에 1개씩 팔려 나갈 정도로 인기가 높았다.

여성이라면 누구나 하나 정도는 휴대하고 다니는 아주 대중적인 물건이기도 하다.

임준후가 오대양에 다닐 때 직접 개발했던 세계적 베스트셀러 화장품이었다.

"사장님의 혁신적이면서 대중적인 화장품 개발에 한 손을 거들게 되어서 영광입니다."

"이 기술에는 트윈 터보차저라는 이름이 붙어 있습니

다. 들어 보신 적이 있나요?"

"터보차저라는 이름은 들어 봤습니다만 트윈 터보차저는 처음입니다."

신판정은 터보차저가 디젤엔진에 주로 사용되는 기술이라는 걸 알았다.

"터보차저라면 기본적으로 하나만 달린 싱글차저를 의미합니다. 에어스푼에도 내연기관에서 필연적으로 발생하는 엔진의 배출가스 압력을 이용하는 싱글터보가 달려 있습니다. 평소에 잘 작동하지만, 최고 출력에 올라가기까지 싱글터보는 종종 터보 지연 현상이 일어나고는 합니다."

차준후가 머릿속에 들어 있는 트윈 터보차저의 이론과 작동 원리를 꺼내 설명했다.

"트윈 터보면 엔진에 두 번째 터보차저를 추구하는 걸 의미합니까? 하나의 터보차저를 추가해서 터보 지연 현상을 없애다니, 아주 좋은 생각입니다."

아주 간단한 발상의 전환으로 내연기관의 성능을 끌어올리는 게 가능하다는 걸 신판정이 깨달았다.

"저속에서는 작은 터보를 사용하고, 높은 속도에서는 큰 터보를 사용할 수 있게 만들어야 합니다. 이중 순차 터보차저라고 할 수 있죠."

차준후가 설명을 이어 나갔다.

1964년에 이르면 트윈 터보를 달겠지만 알폰사의 에어스푼은 아직까지는 싱글 터보만 달고 있었다.

고성능 미세제분기 업계에서 압도적인 세계 1위를 차지하고 있는 업체가 바로 알폰사였다.

차준후의 마음에는 부족해 보이지만, 지금 공장에 설치하고 있는 에어스푼이 바로 세계 최고의 성능이었다.

* * *

"싱글차저에 비해 상당히 복잡해지겠군요. 관련 비용도 추가될 테고요."

"트윈 터보차저를 설치해서 에어스푼 성능이 향상될 수 있다면 관련 비용은 얼마나 들어가도 괜찮습니다."

"음! 비용만 제대로 지원해 주신다면 트윈 터보차저를 에어스푼에 설치할 수 있겠습니다."

신판정은 트윈 터보차저를 처음 들었을 뿐 터보차저에 대해서는 알았다.

단번에 트윈 터보차저의 원리를 이해했다.

복잡해지는 건 사실이었기지만 터보차저를 하나 더 설치하면 되는 일이었다.

연구 자금만 넉넉히 지원한다면 충분히 복잡한 문제를 해결할 자신이 있었다.

'음! 난 트윈 터보차저 원리를 설명하기 위해 며칠 밤낮을 고생했는데…….'

트윈 터보차저의 원리를 최대한 상세하게 알려 주기 위해서 고심한 차준후였다.

'진짜 천재는 바로 이런 사람이겠지.'

아주 간단한 설명만으로도 신판정이 핵심적인 내용을 이해해 버렸다.

"음! 공기를 압축하면 온도가 높아져서 효율이 떨어질 텐데요. 인터쿨러를 달아야 합니다."

신판정이 우려되는 부분에 대한 해결책까지 내놓았다.

인터쿨러는 뜨거워진 공기를 냉각하는 열교환기로, 연비 효율과 출력을 향상시키는 핵심 장치였다.

"제가 이제 막 인터쿨러 이야기를 하려고 했는데, 대단하십니다."

차준후가 신판정을 다시금 바라보았다.

기술이 뛰어나다는 건 알았지만 이 정도인지는 몰랐다.

"잘 설명해 주신 덕분이지요. 대단한 건 이런 개념을 알려 줄 수 있다는 겁니다. 잘나가는 엔지니어라면 이 정도는 거뜬히 가능합니다."

대수롭지 않게 이야기하는 신판정이었다.

지금은 자전거를 만들고 있지만 한때 심혈을 기울여 가면서 자동차 엔진을 뜯고 조이고 했었다.

그때 익혔던 기술과 지식으로 인해 트윈 터보차저와 인터쿨러를 쉽게 응용하는 게 가능했다.

"뛰어난 기술자들은 다 사장님처럼 할 수 있는 겁니까?"

"기술자들마다 천차만별이겠지만 제가 인정하는 사람이라면 간단하게 해낼 겁니다. 재현해 내기 어려운 기술들이 아닙니다."

신판정이 대수롭지 않게 이야기했다.

간단하다고?

독일 알폰사의 기술자들도 아직까지 해내지 못한 분야다.

결코 간단하게 치부할 수 있는 기술이 아니었다.

"설치가 끝났습니다. 시범 운행을 해 봐야 하는데, 사장님께서 직접 전원을 켜시겠습니까?"

알폰사 책임기술자가 와서 차준후에게 영어로 이야기해 왔다.

"제가 하겠습니다."

차준후가 에어스푼의 전원 버튼을 눌렀다.

전기가 들어가자, 에어스푼이 웅장한 바람 소리를 일으키기 시작했다.

우우우우웅! 우웅웅웅웅!

제트엔진에서 발생하는 비행 회전풍이 육중한 12미터의 에어스푼 내부에서 휘몰아쳤다.

에어스푼이 빠른 속도로 돌아가면서 발생한 열기로 인

해 실내가 약간 뜨거워졌다.

"정상적으로 잘 작동하고 있습니다. 오늘 하루 동안 작동시켜 봐서 이상이 있는지 파악하겠습니다."

책임기술자가 예의 바르게 알렸다.

"기술자분들이 있을 때는 기계도 고장이 나지 않는데, 가시고 나면 꼭 말썽을 부리고는 하더군요. 완벽하게 사용할 수 있도록 꼼꼼하게 살펴 주세요."

차준후가 화장품 제조의 수준을 격상시켜 주는 매력적인 에어스푼 기계의 완벽한 상태를 요구했다.

"그게 바로 기술자들의 역할이죠. 아무 문제가 없도록 만들어 놓겠습니다."

책임기술자가 사람 좋게 웃으며 답했다.

잠깐 이야기를 하다가 다시금 에어스푼 기계에 붙어서 동료들과 함께 여러 가지를 살폈다.

"우리 회사 외부 협력 기술 자문관으로 모시고 싶습니다. 생각이 있으십니까?"

차준후가 대단한 능력을 지닌 신판정을 옆에 두고 싶었다.

그렇다고 해서 칠천리라는 기업을 일구는 대단한 사람을 휘하에 두겠다는 건 아니다.

말 그대로 필요할 때마다 기술 자문을 받을 수 있으면 충분했다.

"외부 협력 기술 자문관이요?"

갑작스런 제안에 신판정이 놀랐다.

"평소에는 자전거 점포를 운영하고 계시다가 제가 요청할 때마다 기술적으로 도와주시면 됩니다. 아! 외부 협력 기술 자문관이 되시면 매달 일정한 품위 유지비와 급여, 자문료를 지급하겠습니다."

"제가 도움이 되겠습니까?"

신판정이 혹한 표정이었지만 망설였다.

"큰 도움이 되니까 이렇게 간곡하게 부탁드리는 겁니다."

"그럼 염치 불고하고 기술 자문관이 되도록 하겠습니다."

신판정이 고개를 숙였다.

대가족을 데리고 있다 보니까 한 달에 들어가는 돈이 이만저만이 아니었다. 아이들을 잘 먹이고 남들 보란 듯이 교육도 시키고 싶었다.

가족들을 풍요롭게 뒷바라지할 수 있다는 생각에 그가 환하게 웃었다.

"제 부탁을 들어주셔서 감사합니다."

원하는 대로 신판정을 기술 자문관으로 영입한 차준후도 따라서 웃었다.

"저는 이만 들어가 보겠습니다. 칠천리 사장님은 어떻게 하실 겁니까?"

차준후가 지켜본다고 해서 얻을 수 있는 게 없었다.

"전 조금 더 살펴보겠습니다. 독일 기술자들이 어떻게 정비하는지 살펴보는 것도 공부니까요. 이런 배움의 기회는 손에 꼽을 정도로 적습니다."

신판정이 곁눈질로 독일 기술자들을 연신 살펴봤다.

기술 노출을 꺼리는 엔지니어들은 사람들의 접근에 민감한 편이었고, 심지어 문을 닫아 놓고 홀로 작업하기도 했다.

엔지니어들의 기계 장비 설치와 작동 과정을 대놓고 관람할 수 있는 지금 같은 기회는 좀처럼 없었다.

어깨너머로 보고 배우는 게 많았다.

"통역이 가능한 해외무역부 직원을 부르겠습니다. 독일 기술자들에게 회사 기술 자문관으로 소개해 놓을 테니, 궁금한 점이 있으면 직접 물어보세요."

"배려해 주셔서 감사합니다."

"회사 기술 자문관에게 당연히 해 드려야 하는 일입니다. 기술 자문관께서 에어스푼을 잘 알고 있으셔야 문제가 있을 때 곧바로 대응할 수 있잖습니까? 에어스푼에 문제가 발생해서 알폰사에 수리를 요청하면 상당한 시간이 걸릴 테니까요."

실제로 오대양 시절 에어스푼에 사소한 고장이 발생했다.

국내 기술자들이 고장을 고치지 못했고, 독일 기술자들이 한국까지 날아오기까지 무려 삼 개월이 넘게 걸렸다.

만약 에어스푼에 대하 정통한 기술자가 있었다면 시간 낭비를 하지 않아도 됐으리라!

"맞는 말씀입니다. 제가 제대로 배워 놓겠습니다."

최첨단 기계를 앞에 둔 신판정이 열정을 불태웠다.

해외무역부 직원이 도착하자 독일 기술자들 옆에 찰싹 달라붙어서 궁금했던 크고 작은 부분들을 물어보기 시작했다.

보고 들고 아는 바가 많았기에 독일 기술자들과 말이 잘 통했다.

선진국의 최첨단 장비인 에어스푼에 대해 자세하게 파악할 수 있었기에 신판정은 아주 만족스러웠다.

한 번 물어보기 시작하자 질문이 끝도 없이 이어졌다.

얼마나 집요하게 물어보던지 처음에는 친절하던 독일 기술자들이 슬금슬금 피하기까지 하였다.

그 모습에 신판정이 아쉬운 표정을 지었지만 마지막까지 악착같이 달라붙었다.

* * *

국내를 비롯한 세계에서 가장 많이 팔리는 화장품 가운

데 하나가 바로 분백분, 즉 파운데이션이다.

분백분은 고운 가루가 생명이다.

차준후가 에어스푼을 간절하게 원한 이유가 바로 고운 가루에 있었다.

"에어스푼에서 나온 가루는 정말 곱네요. 기존 미세 제분기로 만든 가루들과는 차원이 다릅니다. 이걸로 분백분을 만들려고 하시는 겁니까?"

최우덕이 눈앞에서 반짝거리는 새하얀 가루들을 보면서 감탄했다.

그간의 화장품 제작 경험으로 이게 얼마나 큰 가치를 지닌 가루인지 단번에 알아차렸다.

"분백분도 만들 겁니다. 그렇지만 단순히 분백분만 만들면 에어스푼을 들여온 보람이 적겠지요."

차준후는 분백분과 함께 혁신적인 제품으로 여성들의 마음을 사로잡을 생각이었다.

립스틱과 더불어서 분백분은 여성들 사이에서 엄청난 인기를 누리고 있었다.

"이 가루들로 분백분을 만들면 프랑스의 코타분에 밀리지 않겠습니다."

분백분 가운데 가장 인기를 누리는 제품은 코타분으로, 세계적인 명성을 가지고 있는 프랑스 코타 회사의 물건이었다.

주로 외항서원들의 손을 거쳐 밀수되고 있는 코타분은 국내에서 엄청난 고가를 자랑한다.

그럼에도 불구하고 없어서 못 파는 물건으로, 프랑스의 감성을 담고 있는 코타분은 소위 유행을 아는 여성들이 가지고 싶어 하는 선망의 대상이었다.

"코타분도 에어스푼에서 생산된 가루로 만들고 있습니다."

"아! 그렇군요. 그런데 다른 생각이라도 가지고 계신 겁니까? 그러고 보니 저번에 혁신적인 화장품을 이어서 개발하신다고 말씀하셨는데, 이번에 만들려고 하시는 건지요?"

"분백분은 가루로 되어 있어 딱딱하고, 피부 상태가 좋지 않으면 화장이 밀리는 경향이 있습니다. 딱딱하기에 수정 화장 효과가 별로 없다는 단점도 가지고 있지요."

차준후가 분백분의 단점에 대해 줄줄 읊었다.

이번에 출시할 화장품은 덧바를 수 있는 제형을 고민하던 중 주차장 확인 도장을 보면서 떠오른 아이디어를 직접 구현해 낸 제품이었다.

이른바 임준후의 작품이었다.

쿠션 톡톡!

딱딱한 팩트와 액체형 파운데이션을 결합하여 탄생시킨 화장품이 바로 임준후의 손에 의해 탄생했다.

"분백분의 단점을 지워 버릴 수 있다는 말씀이신가요?"

이전에 들어 본 적도 없는 혁신적인 제품 이야기에 최우덕의 눈빛이 반짝거렸다.

또다시 혁신적인 화장품을 볼 수 있다는 사실로 자신도 모르게 숨이 거칠어졌다.

"분백분의 고운 가루에 일정 수준의 점도를 지닌 내용물을 섞으면 됩니다."

"네? 그럼 결국 액체형 분백분을 말하는 겁니까? 듣도 보도 못한 이야기기입니다."

놀랄 만한 제품이라는 건 알았지만 최우덕이 정말로 기겁했다.

"둘을 섞어서 단점을 사라지게 만들고 장점을 극대화시키면 됩니다. 간단하죠?"

"장점으로 만들면 좋겠지만 액체형이면 손에 묻어나올 수도 있지 않겠습니까? 흐를 수도 있으니까, 가지고 다니기도 어려워 보입니다."

"이번 화장품은 일정 수준의 점도를 지닌 분백분 내용물과 이 내용물을 안정직으로 머금을 수 있는 재질의 퍼프, 이 두 가지만 완성시키면 됩니다."

차준후가 아주 간단하다는 듯 말했다.

그렇지만 자신이 아는 기준을 초월하였기에 최우덕은

들을수록 제대로 파악이 되지 않았다.

"분백분 내용물을 액체형으로 만든다는 것이 쉬워 보이지 않습니다. 그리고 스펀지나 거즈 따위로 만들어 분을 묻혀 바르는 단순한 퍼프에 내용물을 머금게 만드는 건 더욱 개발이 어려워 보입니다."

"제품의 기술적인 연구는 이미 끝났습니다."

차준후의 말에 최우덕의 눈이 커졌다.

"전혀 새로운 개발이었을 텐데요. 지금 말씀하는 내용은 국내외에서 참고할 만한 내용도 없지 않습니까?"

에어스푼 도입으로 인해 분백분에 대한 조사와 연구를 열심히 했던 최우덕이다.

해외에서 잘 팔리는 분백분 종류에 대해서도 공부했기에 차준후의 생각이 얼마나 앞서 나가는 건지 알았다.

"지금껏 세상에 나오지 않은 새로운 것이기에 고심하는 보람이 있는 겁니다."

"사장님이 천재라는 걸 다시 한번 실감하게 되네요."

최우덕이 혀를 내둘렀다.

그에게는 어려운 개발이지만 천재에게는 아주 간단한 개발이라고 받아들였다.

괜히 일반인의 잣대로 천재를 저울질해 봤자 머리만 아플 뿐이었다.

그냥 있는 그대로 인정하는 편이 좋았다.

* * *

"개발은 다 끝냈지만 새로운 제품을 위한 충진 설비를 갖춰야만 합니다. 이건 공장장님과 칠천리 신판정 사장님을 비롯한 기술자들의 힘을 빌려야겠네요."

"사장님도 기계 설비 방면에서는 어려워하시네요."

"하하하! 저도 하지 못하는 게 많은 사람입니다."

뜬금없는 이야기에 차준후가 웃음을 터트렸다.

연구 개발에만 매진했기에 화장품에 대해서는 나름 잘 알아도 기계적인 측면에서는 젬병이라고 해도 과언이 아니었다.

장비를 사용할 줄 아는 것이지, 기계 설치와 원리 등에 대해서는 잘 몰랐다.

"이번 혁신적인 화장품 이름은 어떻게 됩니까?"

최우덕은 이미 명칭을 정해놨을 거라고 확신했다.

"쿠션 톡톡입니다."

세월을 뛰어넘은 쿠션 톡톡이 1960년대 모습을 드러냈다.

단순한 화장품을 만드는 걸로 차준후는 만족할 수 없었다.

세계를 선도하는 화장품을 만들어야만 직성이 풀렸다.

지금 세계적으로 유명한 코타분의 일방적인 독주는 차준후가 없었기에 가능했을 뿐이다.

차준후의 입장에서 코타분은 너무나도 가벼운 장애물이 지나지 않았다.

쿠션 톡톡의 등장과 함께 코타분은 자연스럽게 잊힐 산물이 되고야 말 것이다.

원래 1966년 파운데이션의 대중화로 인해 수요가 감소하게 될 예정이었는데, 차준후가 그 미래를 크게 앞당겨 버렸다.

이제 바야흐로 세상에 쿠션의 시대가 열릴 예정이었다.

물론 그 시대를 열기까지 차준후와 스카이 포레스트가 준비해야 할 것들이 많았다.

* * *

1957년 시행된 보호관세정책은 국내 기업을 보호하고 있었다.

해방 이후 지속되어 온 원조 경제 체제에서 벗어나 자립 경제 체제를 구축하는 것이 정부의 일차적인 목표였기에, 국내 기업들이 성장할 수 있도록 힘을 실어 줬다.

육성 정책들에 힘입어 국내 산업이 발전하고 있었지만

여러 가지 문제점들이 산재했다.

가장 문제가 되는 건, 국내 업체들이 만들어 내는 물건들은 조악하다고 평가를 받아도 할 말이 없다는 사실이었다.

조악한 품질의 물건이라도 만들기만 하면 팔리는 시대였다.

이러한 시대적 상황은 차준후의 쿠션 톡톡의 퍼즈를 만드는 데 있어 약간의 지장을 줬다.

"스카이 포레스트가 요구하는 퍼즈를 만들어 주시면 그에 맞는 비용을 지불하겠습니다."

"돈을 아무리 많이 줘도 어렵습니다. 지금 사장님께서 이야기하시는 퍼즈는 들어 본 적도 없다고요."

"연구 개발을 할 수 있도록 도와드리겠습니다."

"지금 만들고 있는 물건들만으로 충분합니다. 스카이 포레스트가 주는 물량들은 필요가 없습니다."

퍼즈를 생산할 수 있는 몇몇 공장들이 차준후의 의뢰를 거부했다.

서울의 유명한 공장들이 스카이 포레스트에만 필요한 이상하면서도 특별한 퍼즈를 생산하고 싶어 하지 않았다.

"음! 싫다면 하는 수 없지."

차준후도 억지로 설득할 필요를 느끼지 못했다.

지금 거절이 얼마나 큰 손해로 이어질지 보여 주기만 하면 된다.

얼마 지나지 않아 땅을 치고 후회할 것이다.

"안녕하십니까. 스카이 포레스트에서 나왔습니다. 혹시 화장품에 들어가는 특별한 퍼즈를 만들 의향이 있으십니까?"

차준후가 허름한 골목 안에 위치한 작은 공장을 방문해서 물었다.

"유명하신 업체에서 오셨군요. 특별한 퍼즈라면 어떤 걸 말씀하시는 거죠?"

수더분하게 생긴 젊은 청년이 나와서 물었다.

작업을 하다가 나왔는지 온몸에 실오라기와 털실, 보푸라기, 스펀지 등을 묻히고 있는 모습이었다.

"특정한 액체를 머금고 있으면서 두드릴 때 밖으로 원활하게 나와야 하는 퍼즈입니다."

"음! 재미난 퍼즈네요."

청년이 곰곰이 생각에 빠져들었다가 입을 열었다.

"만들어 보고 싶기는 한데 발명을 해내는 것이 쉽지 않아 보입니다."

"어떻게 만들어야 하는지는 제가 알려 드리겠습니다."

처음으로 듣는 긍정적인 답변에 차준후가 재빨리 말을 이었다.

"성함이 어떻게 되시죠?"

"차준후입니다."

"아! 스카이 포레스트 사장님이시군요. 만나 뵙게 되어서 영광입니다. 간판도 없는 작은 공장을 운영하고 있는 변형태입니다."

자신을 소개하는 변형태의 마음속에 불길이 타올랐다.

기회라는 사실을 직감한 그는 어떻게든 특별한 퍼즈를 만들어 내리라 작정했다.

퍼즈 개발에 성공만 하면 찬란한 꽃을 피우고, 풍성한 성과를 거둘 수 있다는 걸 알았다.

"여기 있습니다."

차준후가 미리 준비해 온 퍼즈에 관련된 서류를 내밀었다.

"간단하지만 퍼즈를 만드는 데 엄격한 규칙이 있네요."

"맞습니다. 그 규칙에서 절대 어긋나면 안 됩니다. 만드실 수 있겠습니까?"

"어렵지만 기필코 해내겠습니다."

변행태는 차준후처럼 사회적으로 거대한 성공을 이루고 싶었다.

"맡기겠습니다. 그리고 퍼즈 개발이 완료되면 공장 규모를 키우셔야만 할 겁니다. 만들어야 하는 퍼즈의 양이 많으니까요. 그리고 그 비용을 스카이 포레스트에서 선수금 형식으로 지원하겠습니다."

차준후가 노력하고자 하는 변형태의 의지를 돈으로 보답하겠다고 피력했다.

협력업체가 잘 성장할 수 있게 지원하는 건 원청의 역할이기도 하다.

"감사합니다."

시골에서 상경하여 냉혹한 현실만 접해 왔던 변형태에게 꿈 같은 일이 벌어졌다.

세상은 아직까지 따뜻하구나.

냉혹한 현실에 지쳤던 젊은 청년에게 기회가 찾아왔다.

이 모든 건 그가 도전하고 하는 의지가 있었기 때문이었다.

* * *

"잘 지냈어?"

차준후가 전영식을 불렀다.

"사장님 덕분에 잘 지내고 있습니다."

전영식이 환하게 웃으며 대답했다.

궁기가 흐르던 꾀죄죄한 모습은 사라지고 살이 통통하게 오른 잘 차려입은 모습이었다.

"교수님들에게 받는 수업은 어때?"

"매 순간 즐거워요."

"교수님들 칭찬이 자자하다고 들었다."

전영식에게 가르침을 주고 있는 대학교수들은 전영식의 재능에 흠뻑 빠져들어 있었다.

고등학교 검정고시를 치른 뒤에 대학교에 입학하라고 성화를 부렸다.

서양화와 동양화 그리고 조각을 전공한 대학교수 세 명이 가르치고 있는데, 저마다 자신들의 대학교를 추천했다.

"교수님들이 잘 가르쳐 주고 있으신 거죠."

"교수님들이 아니라 네 재능이 대단한 거다. 성삼미술대전을 준비하고 있다고?"

"네, 성삼미술대전에서 상을 받으면 대학교 입학에 도움이 될 거라고 하셨어요. 경험 삼아서 도전해 보려고요."

전영식이 하얀 치아를 드러내면서 즐겁게 웃었다.

꿈도 꿔보지 못한 성삼미술대전에 도전할 수 있다는 자체만으로 즐거웠다.

성삼미술대전은 성삼그룹에서 진행하고 있는 대한민국 최고의 미술대회 가운데 하나이다.

공신력에 있어서 한국미술협회가 주관하는 대한민국미술대전에 비해서 약간 부족했으나 상금 부분에서는 최고였다.

상금 때문에 성삼미술대전을 노리는 미술학도들도 많았다.

어떤 전문가들은 성삼미술대전이 오히려 공신력에서 더욱 앞선다고 주장하기도 한다.

성삼미술대전에서 입선했다고 하면 전도유망한 미술가로 인정을 받는다.

성삼그룹 이철병 회장의 미술사랑은 대한민국에서 유명하다.

미술 애호가로 해외 유명 작품들을 구매하고 있었고, 국내 미술 업계와 미술가들에게 적지 않은 후원을 하고 있었다.

"내가 인정한 너라면 입선은 당연한 거다. 떨어지면 그게 이상한 일이야."

"어쩐 일로 저를 부르셨어요? 제가 해야 할 일이 있는 거죠?"

전영식은 차준후와 스카이 포레스트를 위해 일한다는 자체가 좋았다.

"이번에 쿠션 톡톡이라는 신제품을 출시하기로 했는데, 용기 제작에 네 디자인 실력을 빌려줬으면 해."

"수석 디자이너로 당연히 제가 해야 할 일인 걸요. 어떤 용기인가요?"

"용기 디자인은 이런 느낌이야."

차준후가 제품 개념이 담긴 서류와 함께 노력해서 그린 그림을 내밀었다.

쿠션 톡톡 개념을 살핀 전영식이 그림을 집중해서 살폈다. 곧바로 조악한 그림에 담겨 있는 혁신적인 디자인을 알아차렸다.

"군데군데 눈에 확 들어오는 신선한 부분이 있네요. 국내 기술 수준으로는 둥근 원형의 매끄러운 제작이 까다로울 수도 있겠는데요?"

산업적인 디자인에 눈 뜬 전영식은 이제 국내 제작 기술 수준까지 파악하고 있었다.

"최소한 그 정도는 되어야 용기에서 괜찮다는 소리를 들을 수 있을 거야. 거기에서 수준을 낮추면 모조품들이 쏟아지겠지."

차준후는 해외 수출과 함께 오대양에서 벌어졌던 모조품 사건 때문에 용기 디자인의 수준을 한층 끌어 올렸다.

오대양은 프랑스 코타사와 기술 협력을 통해 코타분을 국내에 출시했다.

당시 분갑을 만들 때 국내 제작 업체의 한계로 인해 평범하게 만들 수밖에 없었고, 이로 인해 모조품들이 범람했다.

저작권과 특허권에 대한 개념이 부족한 국내에서 모조품들이 마구 판매되는 실정이었다.

오리지널보다 모조품이 더 많이 팔리는 말도 안 되는 현상이 벌어지기도 한다.

"국내 공장의 기술력이 부족한데 어떻게 제작하시려고요?"

"플라스틱으로 용기를 만든 뒤에, 유리로 겉을 한 번 더 감쌀 생각이야. 그러면 모조품들이 쉽게 따라 할 수 없을 테니까."

차준후는 모조품 문제를 해결하기 위해 제작 비용이 높아지더라도 이중 용기를 제작할 작정이었다.

단기적인 이익은 줄더라도 스카이 포레스트가 지닌 명품 이미지를 손상시키지 않는 것이 장기적인 이익으로 돌아올 것임을 알고 있었다.

"좋은 생각입니다. 사장님이 말씀하신 내용을 듣다 보니 쿠션 톡톡 용기 디자인에 대한 생각이 마구 떠올라요."

"잘 부탁하마."

"맡겨 주세요. 사장님의 마음에 쏙 드는 용기 디자인을 뽑아낼게요."

전영식이 자신감을 드러냈다.

* * *

국내외에 118건의 쿠션 톡톡 특허 출원을 신청했다.

우회 특허 출원까지 막아 내기 위해 물량으로 밀어붙인

특허 출원 개수였다.

"컴퓨터와 프린터가 그립구나."

다른 사람에 맡길 수도 없는 일이었기에 사장실에서 시간을 들여가면서 일일이 손으로 쓰느라 많은 고생을 한 차준후였다.

복제품이나 모방품이 출현할 수 있는 길은 원천 봉쇄하기 위해 노력했다.

핵심적인 내용을 잘 알고 있었기에 우회 특허 출원을 막기가 어렵지 않았다.

세계적으로 대히트를 치는 쿠션을 흉내 냈던 모방품들도 많았다.

전생에 우후죽순 난립했던 모방품들을 떠올리며 하나하나 우회할 수 있는 길들을 막아 냈다.

전영식이 완성한 용기 디자인을 성형 플라스틱과 SF유리가 협력하여 어렵게 생산을 해냈고, 변형태가 며칠 밤낮을 고생한 끝에 만족스러운 수준의 퍼즈를 만들어 냈다.

"잘 만들었습니다. 그런데 몇 가지 부족한 점이 보입니다."

"다시 만들어 오겠습니다."

퍼즈는 차준후의 지적을 받은 뒤 개선을 거친 뒤에 최종적으로 합격 판정을 받았다.

스카이 포레스트에서 자금 지원을 받은 변형태는 허름

하던 공장을 새로운 장소로 이전한 뒤 형태 공장이라는 간판까지 내걸었다.

직원들을 모집해서 빠른 속도로 퍼즈를 생산했다.

여러 업체들에서 협력한 끝에 쿠션 톡톡과 고운 분가루에 비타민을 비롯한 여러 가지 성분을 혼합하여 만든 쿠션 베이직 두 종류가 전격적으로 출시됐다.

스카이 포레스트의 기존 거래처들에 먼저 쿠션 톡톡과 쿠션 베이직이 깔렸다.

제11장.
쿠션

쿠션

 신화백화점은 스카이 포레스트 판매점으로 선정되고 난 뒤, 분위기가 완전히 바뀌었다.
 인테리어를 완전히 뜯어고쳐 색다른 분위기를 만들어 내자 손님들이 더욱 늘어났다.
 달콤한 성공은 황홀했다.
 만년 3위에 있던 신화백화점이 대현백화점을 제치고 2위로 올라섰다. 그리고 1등에 위치한 창천백화점을 맹렬한 속도로 추격하고 있었다.
 잘나가고 있는 신화백화점을 방문한 고객들이 가장 많이 찾는 공간은 다름 아닌 스카이 포레스트 판매점이었다.
 아침 일찍부터 여성들이 스카이 포레스트 판매점을 방

문했다.

"어머! 이건 뭔가요?"

신화백화점이 개장하자마자 입장해서 스카이 포레스트 판매점을 방문한 여인의 얼굴에 호기심이 어렸다.

매장 한가운데 가장 잘 보이는 곳에서 작고 예쁜 원형의 물건이 조명을 받으며 보석처럼 반짝거렸다.

"스카이 포레스트에서 나온 신상품이에요."

여직원이 상냥한 목소리로 손님에게 설명했다.

"신상품이 나왔어요? 플라스틱을 유리로 감싼 것이 매우 아름답네요."

뜻하지 않은 선물을 받은 것처럼 여인의 표정이 밝아졌다.

스카이 포레스트의 신상품은 언제 봐도 심장을 두근거리게 만든다.

봐라!

여인에게는 용기의 아름다운 모습이 마치 구매해 달라고 이야기하는 것처럼 보였다.

이미 가지고 있는 다른 화장품들은 더 이상 그녀의 눈에 들어오지 않았다.

신상품!

이름도 모르는 스카이 포레스트의 신상품만 눈에 가득 들어왔다.

"이 화장품들에 대해서 알려 주세요."

그녀는 새롭게 나온 스카이 포레스트 신상품을 향해 강렬한 찬사를 보냈다.

"두 종류가 출시되었는데 하나는 쿠션 베이직이라고, 코타분과 똑같은데 품질이 더 뛰어나다고 생각하시면 돼요. 쿠션 톡톡은 기존의 딱딱한 분이 아닌 액체로 얼굴에 바를 수 있는 혁신적인 화장품이에요. 화장이 자연스럽고, 화장을 고칠 때도 덧바른 느낌이 나지 않는다는 장점이 있어요."

여직원이 손님들에게 빠른 속도로 쿠션에 대해서 설명했다.

출근하고 난 뒤 쿠션에 대한 설명서를 꼼꼼하게 읽고 기억해 뒀다.

그 덕분에 손님들에게 무척이나 유려하게 설명할 수 있었다.

"다섯 개씩 주세요."

가정 먼저 온 여인이 지갑을 열었다.

스카이 포레스트 화장품은 품절이 자주 났기에 있을 때 아낌없이 구매해 놓아야 한다.

여유분과 함께 엄마와 여동생에게 줄 것까지 포함한 개수였다.

덧발라도 티가 나지 않는다는 설명이 무엇보다 마음에

쏙 들었다.

쿠션 톡톡은 바로 극단에서 일하는 그녀를 위한 화장품이었다.

코타분을 애용하고 있었는데, 1시간 이상 공들여 한 화장이 일부분 고칠 때 참으로 애매했다.

땀이 나서 화장이 지워지면 덧바른 느낌이 확연히 났기에 처음부터 화장을 다시 해야만 할 때가 많았다.

코타분보다 비쌌지만 괜찮았다.

최고의 품질을 자랑하는 스카이 포레스트 화장품은 믿고 살 수 있었기에.

"죄송합니다. 손님. 개인당 두 개씩만 판매하라는 지침이 스카이 포레스트에서 내려왔어요."

"이번에도 구매 제한인가요?"

"네. 정말 죄송합니다."

"하아! 스카이 포레스트 정책이니, 어쩔 수 없죠."

아쉬운 표정을 지었지만, 여인이 납득하고 말았다.

모두가 선망의 눈길을 보낼 테니, 쿠션 화장품을 잔뜩 살 수 없는 걸 이해했다.

봐라!

신상품을 구매하기 위해서 벌써 줄이 잔뜩 늘어서 있었다.

"스카이 포레스트에서 신상 화장품을 출시했다."

"여성용 화장품이래."

스카이 포레스트의 모든 직원들이 쿠션을 손님들에게 빠른 속도로 판매하고 있었는데, 소문을 듣고 나타난 손님들로 줄이 점점 길어져 갔다.

"죄송합니다. 매장이 혼잡한 관계로 잠시만 대기해 주십시오."

신화백화점 직원들이 스카이 포레스트 매장 앞에서 손님들을 통제하기 시작했다.

"이번에도 스카이 포레스트에서 엄청난 화장품을 만들어 냈구나."

서은영이 1층에 내려와서 직접 매장의 분위기를 파악하고 있었다.

"출시하는 화장품마다 놀라워요. 혁신적이면서 잘 팔리는 화장품만 만들어 내는 게 가능한 건가요?"

수행하는 여직원의 얼굴에 놀라움이 가득했다.

"다른 사람이라면 불가능하겠지. 그러나 스카이 포레스트의 사장인 차준후라면 앞으로도 더욱 대단한 화장품 개발을 할 수 있을 거야."

차준후에 대한 믿음이 강렬한 서은영이었다.

혁신적인 화장품이 아닌 부족한 화장품을 만들어 낸다는 생각이 눈곱만치도 떠오르지 않았다.

오히려 지금보다 더욱더욱 놀라운 화장품을 선보일 것

만 같았다.

여인의 직감이라고 할까?

막연한 기대 어린 그녀의 예상은 예리하게 들어맞았다.

* * *

"스카이 포레스트에서 쿠션이라는 신상품이 나왔다."
"쿠션? 그건 또 뭔데?"
"묻기 전에 일단 달려. 늦으면 품절 날 수 있으니까."
"현명한 생각이다."

신상품 소식을 전해 들은 여인들이 쿠션 판매점을 향해 치맛바람을 일으키며 내달렸다.

이건 아름답게 보이기 위한 피 튀기는 경쟁이었다.

출시 당일 헛걸음을 한 적이 있는 여인들의 발걸음이 무척 빨랐다.

"여기 쿠션 있어요?"
"쿠션이 뭔가요? 엉덩이에 깔고 앉는 방석을 말하는 건가요?"
"여기는 아닌가 보다. 다른 곳으로 가자."

시장의 어떤 화장품 매장에 들린 세 명의 여인들이 바람처럼 왔다가 사라졌다.

"쿠션 화장품 있나요?"

"······없어요."

"스카이 포레스트에서 나온 신상품도 없고, 여기 몹쓸 화장품 상점이네."

방금 전과 같은 용무의 손님이 쿠션의 정체에 대해 알려 주고 사라졌다.

"우리 몹쓸 유통사는 왜 하늘숲 화장품을 취급하지 않는 거야? 다른 곳으로 바꿔야겠네. 성운 유통사에서 하늘숲 화장품들을 대량으로 거래한다고 했지? 그쪽에 납품을 문의해 봐야겠다."

서울과 경기도의 화장품을 판매하는 매장에서 동시다발적으로 일어나는 현상이었다.

"어머! 이건 정말 좋다. 얼굴에 발라 보니까 기존 분백분과 차원이 달라."

"천림 제품은 하나같이 사용하기가 편해. 여자들 마음을 정말 잘 알고 있는 사람이 만든 제품이야."

"대단해. 이제부터 기존에 사용하던 동동 분백분 버리고, 하늘숲 제품만 사용하고 싶다."

"사용하면 되잖아."

"내 처지에 비해서 너무 비싸. 하늘숲 제품은 좋기는 한데, 가격이 너무 사악해."

"난 네 말에 동의하지 않아. 스카이 포레스트 물건은

세계 최고의 품질을 자랑하니까, 그만한 돈을 받을 자격이 충분하다고 봐. 비싼 품질에 어울리는 적당한 가격인 셈이야."

"음! 그건 맞아. 내 월급에 비해서 하늘숲 화장품 가격이 비싸다고 투덜거린 셈이지."

"미안해. 내가 너무 예민하게 반응했어. 그런 의미에서 다음 달 생일선물로 오늘 쿠션 베이직을 미리 줄게."

"정말?"

"그러니까 방금 전 내 말 너무 서운하게 생각하지 마. 한국 최고의 기업으로 생각하고 있는 스카이 포레스트를 사악하다고 해서 잠시 내가 미쳤었나 봐."

"아니야. 충분히 이해하고 있어. 나도 하늘숲 기업을 좋게 생각하고 있으니까."

화장품을 애용하는 여인들이 스카이 포레스트이면서 천림과 하늘숲으로도 불리는 회사에 대단한 자부심을 가지고 있었다.

마치 자신들이 회사의 주인처럼 여겼다.

충성심이 대단한 여인들이 스카이 포레스트를 떠받치기 시작했다.

이런 여인들의 단결력은 쿠션 출시 이전과 비교할 수 없을 만큼 단단해져 갔다.

"품절입니다. 스카이 포레스트에서 받은 쿠션 물량이

모조리 판매되었습니다."

"더 이상 물건이 없습니다. 추가적으로 납품받으면 알려 드릴게요."

"계속 손님 상대하기도 힘들다. 밖에서도 쿠션 품절이라고 큼지막하게 적어서 붙여 놔야겠어."

쿠션을 사기 위한 광풍이 휘몰아치면서 발매 당일 풀린 초도물량 40만 개가 짧은 시간 안에 모조리 판매됐다.

매진!

신제품인 쿠션의 물량을 대폭 늘렸음에도 불구하고 다시 한번 발매 당일 매진을 기록했다.

"아이! 발매 당일에 또 못 샀어."

"여기 화장품은 왜 이리 사기 힘든 거야? 회사에 다니기 때문에 중간에 사러 나올 수도 없는데, 어떻게 하라는 건지 모르겠네."

"물량을 많이 풀어야지. 찔끔찔끔 내놓으니까, 금방 품절되는 거잖아."

"40만 개나 풀렸다고 하더라."

"헉! 그렇게나 많았어? 그런데 왜 나는 못 산 거야?"

"사는 사람이 더욱 늘어났으니까. 봐! 품절된지 모르고 지금도 계속 사람들이 매장에 들어오고 있잖아."

물량이 늘어난 것에 비해 쿠션을 구매하고자 하는 사람이 더욱 폭발적으로 생겨났다.

쿠션 〈311〉

그렇기에 매장을 방문했다가 헛걸음을 하고 허탈하게 돌아가는 여인들이 많았다.

"이게 다 외국인들 때문이야."

"맞아."

"외국인들은 달러만 내면 대량 구매를 할 수 있잖아."

"외국인들도 구매 개수에 제한이 있다고는 했는데, 국내 여성들에 비해서 자유롭게 구매할 수 있는 건 맞는 모양이야. 신화백화점에서는 외국인들만을 위한 물량이 별도로 배정됐다고 하더라."

한국인들만 구매했을 대도 물량이 부족했는데, 주한미국을 비롯한 외국인까지 합류했으니 발매 당일 매진 속도가 훨씬 빨라졌다.

"다음에는 어떤 화장품을 출시할까?"

"간간이 남성용을 내놓는데, 여성용이었으면 좋겠다."

"계속 여성 전용 화장품을 만들어 달라고 편지라도 써서 보내자."

"좋은 생각이다. 당장 편지를 쓰자."

스카이 포레스트에 여성들의 편지가 잔뜩 쌓이기 시작했다.

그 가운데에는 기존 여성용 화장품들에 대한 찬사와 함께 앞으로도 여성 전용을 지속적으로 생산해 달라는 요청이 많았다.

일부 사심을 가진 여인들이 차준후와 사귀어 달라거나 결혼해 달라는 내용들을 적어서 보내기도 했다.

쓸데없는 내용이 적힌 편지들은 모조리 소각됐다.

팬레터라고 할까?

1960년대의 소통 방식이었다.

인터넷이 없었으니 편지로 소비자의 마음은 전하는 것이었다.

수많은 편지를 차준후가 직접 읽지는 않았다.

편지를 담당하는 부서가 새롭게 신설되었고, 편지들 가운데에서 꼭 필요한 내용들만 발췌되어 사장실로 보고됐다.

"이건 물건이다. 이런 좋은 화장품을 나 혼자 사용할 수는 없지. 엄마와 언니에게 보내야겠다."

"쿠션을 써 보면 새로운 세상을 느낄 거야."

주한미군 여성들이 쿠션을 사용해 보고 홀딱 반해 버렸다.

혁신적인 쿠션 화장품들이 발매 당일 밤 소포에 담겨 군용기를 타고서 미국으로 건너갔다.

쿠션의 등장과 함께 미국이 발칵 뒤집혔다.

한국 여성들과 별반 다르지 않은 반응들이 미국에서 벌어졌다.

인종과 나라는 달라도 여성들의 쿠션에 대한 반응은 비

숫했다.

* * *

특별 편성된 CBC 미용 방송 프로그램에서 쿠션에 대한 방송이 보도됐다.

SF-NO.1 밀크에 대한 첫 방송을 경쟁사인 NBC에 빼앗겼던 걸 떠올린 CBC에서 발 빠르게 움직인 결과였다.

"안녕하세요. 갑작스런 특별 방송에 우리 시청자분들이 많이 놀라시지는 않았는지 모르겠네요. 딱 보니, 우리 방송 프로그램에 무슨 일이 생긴 것처럼 보이지요? 맞습니다. 시청자 여러분에게 놀라운 화장품을 소개해 드리기 위해 특별 방송을 편성하게 됐습니다."

화려하게 꾸민 여성 앵커가 보도실에서 방송을 매끄럽게 진행했다.

"코엔! 처음 쿠션이란 화장품을 보았을 때 어땠나요?"

특별 초대를 받은 요즘 각광받고 있는 젊은 여배우 코엔이 화사한 미소를 지었다.

"사랑하는 애인이 찾아온 느낌이었어요."

"오! 그렇게 좋았었나요?"

"얼굴에 발라 보고서 아주 뜨겁게 사랑에 빠졌죠. 쿠션은 여성이라면 사랑할 수밖에 없는 화장품이에요."

정말 사랑에 빠진 듯 발그레한 표정으로 코엔이 쿠션에 대해 극찬했다.

* * *

"말로만 이야기하니까 궁금하시죠? 지금 실물을 공개하겠습니다. 켈리 기자, 쿠션을 가지고 나와 주세요."

쿠션을 방송국으로 가지고 온 사람이 바로 차준후와 인터뷰했던 켈리 마리아였다.

몸에 달라붙은 붉은 원피스를 입은 켈리 마리아가 손에 쿠션을 들고서 보도실에 등장했다.

"손에 들고 있는 아름다운 용기가 쿠션 화장품인가요?"

앵커의 물음과 함께, 카메라가 클로즈업했다.

플라스틱으로 매끄럽게 만들어진 아름다운 원형 용기를 투명한 유리가 감싸고 있었다.

이중으로 만들어진 화장품 용기가 세련된 모습을 자랑했다.

"정확한 명칭은 쿠션 톡톡이에요."

"어떻게 쿠션 톡톡을 구하게 된 건가요?"

"저번에 한국에 갔을 때 알게 된 주한미군을 통해서 쿠션을 빠르게 받아 보았죠."

미국에서 가장 빠르게 쿠션에 대해 알게 된 사람에 속한 그녀는 받자마자 곧바로 방송국으로 달려가 특별 방송을 강하게 요구했다.

 방송 편성부와 보도진에서 쿠션을 파악한 뒤에 곧바로 특별 방송을 결정하였다.

 미국 전역에 쿠션을 알리는 첫 방송이었다.

 "와우! 그 군인에게 고마워해야겠네요."

 "물론이죠. 제 사랑을 듬뿍 담은 편지를 보내 줄 예정이랍니다."

 "남자 군인인가요?"

 "아니요. 여성이에요."

 "음! 예쁜 사랑하시길 바랄게요."

 앵커와 켈리 기자가 농담을 주고받으면서 분위기를 유쾌하게 끌고 갔다.

 "용기에 적힌 화장품 회사가 익숙해 보이는데요?"

 "잘 보셨습니다. 얼마 전에 소개해 드렸던 대한민국의 스카이 포레스트 회사에서 쿠션 베이직과 쿠션 톡톡이라는 신상품이 출시됐습니다. 지금 제 손에 들고 있는 건 아까 말씀드렸다시피 쿠션 톡톡이고요."

 "스카이 포레스트면 안티에이징으로 유명한 SF-NO.1 밀크를 만든 회사 아닌가요?"

 "앵커께서 아직 치매는 아니라서 다행이네요. 제대로

기억하고 있습니다."

"치매라뇨? 기분이 나빠지려고 하는군요."

"오우! 화내지 마세요. 앵커에게 선물로 주기 위해 쿠션 톡톡을 가져왔으니까요."

"제가 언제 화를 냈다는 거죠? 전 켈리 기자를 항상 사랑하고 있습니다. 거짓말 하나 보태지 않은 진심입니다."

"그렇다고 알겠습니다."

오늘따라 두 여인의 호흡이 척척 맞아떨어졌다.

방송을 시작한 지 얼마 되지 않았지만, 시청률이 빠른 속도로 올라가고 있다고 제작진이 종이에 적어서 보여줬다.

'잘하고 있어! 지금처럼만 해.'

제작진이 방송을 진행하고 있는 사람들에게 엄지손가락을 치켜들었다.

높아지고 있는 시청률에 한껏 신바람이 난 앵커와 켈리 기자가 더욱 신바람을 냈다.

"쿠션 톡톡 화장품에 대해 설명해 주시겠어요?"

"쿠션 톡톡은 지금껏 세상에 나오지 않았던 혁신적인 화장품이에요."

"세상에 나오지 않았다고요?"

앵커의 목소리고 올라갔다.

"맞아요. 이제껏 세상에서 보지 못했던 놀라운 화장품

이라고요. 그래서 제가 보자마자 사랑에 빠진 거라고요."

코엔이 대화에 끼어들었다.

"음! 오늘따라 저를 포함해서 사랑에 빠지는 여성들이 많네요."

"여자들은 사랑에 빠져야 아름다워지잖아요."

"맞는 말입니다."

"화장품은 언제 소개해 주실 거죠? 기다리다가 숨이 넘어가겠어요."

"우리 앵커 씨께서 숨이 넘어가면 큰일입니다. 코엔 배우님, 쿠션 톡톡을 발라 주실 수 있을까요? 맨얼굴을 보이기가 민망하다면 제가 할 수도 있습니다."

"기꺼이 하겠어요."

다리를 꼬고 앉아 있던 코엔이 자리에서 일어나 보도실에 설치된 화장대 앞으로 움직였다.

화장대 옆의 세면대에서 클렌징폼으로 화장을 꼼꼼하게 지웠다.

"와우! 역시 아름다운 여배우네요. 화장을 지워도 저는 따라갈 수가 없겠어요."

"맞습니다. 앵커께서는 화장을 해도 화장 안 한 코엔을 이길 수 없죠. 제대로 보신 겁니다."

"오늘따라 제 가슴에 비수를 날카롭게 꽂아 넣는군요."

"전 기자이기에 옳은 말만 합니다."

화장이 지워지고 맨살이 드러난 코엔은 젊고 청초해 보였다.

"이제 쿠션 톡톡을 발라볼게요."

코엔이 쿠션 톡톡을 용기 뚜껑을 열었다.

그 모습을 다시 한번 카메라가 클로즈업했다.

"정말 평범해 보이는군요."

"원래 평범함 속에 비범한 게 녹아들어 있는 법입니다. 이 표현이 쿠션 톡톡에 딱 어울리죠."

화면 가득 잡히는 쿠션 톡톡의 모습은 기존 파운데이션과 크게 다를 바가 없었다.

"기자님의 말처럼 퍼지 안에 비범함이 녹아들어 있죠."

코엔이 얼굴로 퍼지를 가지고 가서 가볍게 두드리기 시작했다.

청초하던 얼굴이 화사하게 물들어 갔다.

그런 모습이 텔레비전을 통해 미국 전역으로 송출됐다.

"아! 가루가 아니네요. 퍼지 안에서 액체가 흘러나와 코엔 배우의 얼굴에 발려지고 있어요. 화장하고 있는 느낌이 어떤가요?"

"아주 깔끔해요. 제가 기존에 주로 사용하고 있던 코타사의 분가루를 얼굴에 바르면 답답한 느낌을 받고는 했는데, 이 제품은 그런 게 전혀 없어요."

"너무 극찬만 하고 있는데 혹시 돈을 받고 화장품 광고를 하는 건가요? 우리 방송에서 그런 행위는 절대 용납할 수 없어요. 시청자를 기만하는 행동입니다."

앵커가 과장된 몸짓으로 누가 봐도 알 수 있는 농담을 건넸다.

"제가 돈을 주고서라도 광고를 하고 싶은 심정이랍니다. 광고만 할 수 있다면 무료라도 하고 싶어요. 스카이 포레스트 사장님! 열심히 할 수 있으니까, 저 코엔을 꼭 기억해 주세요."

코엔이 차준후에게 자신을 알리기 위해 노력했다.

한 시간 동안 진행된 특별 방송에서 쿠션 톡톡에 대한 소개가 자세하게 이어졌다.

미국에 아직 정식으로 수출이 되지도 않았는데도 불구하고 방송을 본 시청자들이 구매하고자 난리를 쳐 댔다.

수출이 되지 않은 상품이었기에 미국 상점에서 쿠션을 구매할 수는 없었다.

쿠션을 비롯한 화장품은 구매하기 위해 대한민국으로 비행기를 타고 움직이는 여성들이 바쁘게 움직였다.

다시 한번 일본행 비행기 좌석이 매진됐다.

일본을 거쳐서 한국 김포공항에 발을 내디딘 미국 여성들의 숫자가 나날이 늘어났다.

미국의 뷰티를 다루는 거의 모든 방송과 잡지 등에서

쿠션에 대한 소식을 톱뉴스로 다뤘다.

"쿠션을 안 판다고요? 왜?"

"죄송합니다, 고객님. 쿠션은 아직 미국에 수입이 되지 않았습니다."

"이 좋은 화장품을 수입하지 않고 있는 이유가 뭔가요? 뉴욕에서 가장 잘나가고 있는 백화점이라면 당연히 판매해야 하잖아요?"

"죄송합니다. 백화점에서 판매할 수 있도록 거래처와 협상을 진행하고 있습니다. 조금만 기다려 주시면 좋은 소식이 있도록 만들겠습니다. 백화점의 높은 명성에 어울리도록 1층 화장품 매장에 쿠션을 기필코 입점시키겠습니다."

판매하는 줄 알고 백화점을 찾은 여성들이 적지 않았다.

그들은 백화점에 실망하고시 발걸음을 돌렸다.

쿠션이 미국 여성들에게 꼭 필요한 화장품으로 단번에 발돋움했다.

백화점을 비롯한 수많은 판매점과 유통회사들이 쿠션을 구하기 위해 노력했고, 미국에서 스카이 포레스트 법인 설립을 도모하고 있는 캄벨 무역회사와 해외무역부 직원들과 만나 협상을 시도하였다.

* * *

CBC 방송은 주한미국방송 AFKN을 통해 한국에서 방송됐다.

"사장님, 쿠션 방송이 AFKN에 나와요."

"그래요? 확인해 봐야겠네요."

종운지가 재빨리 움직여서 텔레비전을 켰다.

잠시 뿌옇게 변하나 싶던 브라운관의 화면에서 여성들이 쿠션에 대해서 이야기하고 있었다.

쿠션 톡톡을 여배우가 직접 얼굴에 바르는 모습을 보여 줬고, 극찬도 이어졌다.

"사장님, 지금 대단히 좋다고 저분들이 이야기하고 있는 거죠?"

"맞습니다. 이제는 영어가 귀에 잘 들리는 모양이네요?"

"수업 시간에 원어민 강사와 대화하다 보니 영어가 조금 익숙해지기는 했어요. 그렇지만 듣기만 조금 가능할 뿐 아직 미숙한 실력이에요."

"듣는 게 가능하면 말하는 건 금방 늘어납니다."

"저분들이 쿠션을 좋아하는 걸 보니까, 수출도 멀지 않아 보여요."

종운지의 말처럼 스카이 포레스트로 미국 수출을 하겠다는 전화가 걸려오고 있었다.

쿠션 미국 수출은 별도로 진행하는 것이 아니라 SF-NO.1 밀크와 병행하기로 결론을 내린 상태였다.

그렇기에 미국 수출 문의에 대한 모든 전화를 정중하게 거절하였다.

"미국에서 협상이 진행되고 있으니, 멀지 않기는 합니다."

최종결정은 차준후가 하겠지만 기대한 것처럼 미국에서 쿠션은 뜨거운 반응을 보여 줬다.

저토록 민감하게 반응한다는 사실에 화장품 개발자로서 즐거워했다.

캄벨 무역회사와 함께 미국에서 해외무역부 직원들이 분주하게 일하는 내용들이 편지에 담겨서 비행기를 타고서 스카이 포레스트에 날아왔다.

차준후의 사장실 책상에 매일 아침마다 편지가 올라왔다.

협상은 짧게 끝날 수도 있지만 끝없이 길게 이어질 수도 있는 일이었다. 그런 점을 감안하면 미국에서 어느 정도 협상을 끝내 놓는 것이 먼저다.

"쿠션 수출을 확정 지은 다음에 미국으로 건너갈 계획입니다."

차준후가 미국으로 비행기를 타고 날아갈 날이 머지않았음을 느꼈다.

편지에 적혀 있는 협상의 조건이 점점 더 좋아졌다.

쿠션의 등장으로 SF-NO.1 밀크의 입지까지 덩달아 높아지는 효과를 보았다.

혁신적인 화장품 두 개를 모두 거래할 수 있다는 조건으로 미국에서 인정받고 있는 거대 기업들이 몸을 낮췄다.

혁신적인 화장품의 가치를 높게 인정한다는 반증이었다.

* * *

AFKN 주한미군방송으로 인해 대한민국이 또다시 발칵 뒤집혔다.

두 번이나 신제품을 미국 방송에서 다룬다는 건 대한민국 기업 전체를 통틀어도 아직까지 존재하지 않는 일이었다.

한국인들에게 스카이 포레스트가 다시 한번 강한 인상을 각인시켰다.

"이게 대체 뭔 일이냐?"

"서양 놈들도 좋은 건 알아보는 거지."

"잘난 체하던 서양인들도 스카이 포레스트 앞에서는 기가 팍 죽어 버린다."

대화를 나눌수록 흥분이 되는 일이었다.

무상원조를 받아 가면서 어렵게 버텨 가고 있는 대한민국 현실에서 스카이 포레스트는 가뭄에 내리는 단비와도 같았다.

"하늘숲은 대한민국을 돕기 위해 나온 거야."

"스카이 포레스트가 나락으로 떨어진 대한민국 경제를 활성화시켜 줄 거다."

이승민 대통령 하야 이후 점점 심해져 가는 혼란 속에서 세계적으로 잘나가는 스카이 포레스트 이야기는 한국인들의 자부심을 채워 줬다.

"이번 화장품도 차준후 사장님 홀로 개발했다면서?"

"개발부터 생산까지 모두 진두지휘했다고 하더라."

"천재가 천재 이름값을 한 거네."

"일반인들에게나 어려운 거고, 천재는 쉽게 할 수 있는 거겠지."

사람들은 차준후의 천재성에 또다시 감탄할 수밖에 없었다. 앞으로도 계속 이런 일이 반복될 것 같은 느낌을 강하게 받았다.

미래에서 과거로 왔기 때문에 혁신적인 화장품 개발과 생산이 가능했고, 설비와 낙후된 환경 등으로 인해 어려움을 겪지만 어떻게든 화장품을 만들어 내는 차준후였다.
 사람들은 이런 사실을 모르고, 그저 눈에 보이는 결과만 놓고 떠들었다.
 차준후가 발설하지 않는 이상 일반인들은 영원히 모를 내용이겠지만.
 발설한다고 해도 믿기 어려운 이야기였다.

　　　　(내가 제일 잘나가는 재벌이다 6권에서 계속)

환상이 숨쉬는 공간 파피루스 blog.naver.com/gnpdl7

중원 무림의 끝 가욕관, 그곳에 불사신이 있다!

『천하제일 대사형』『천검지애』
무협의 거장, 북미혼이 돌아왔다!

『창룡군림』

중원 무림의 끝 가욕관,
하루도 전쟁이 끊이질 않는, 사지(死地)

갑작스러운 적군의 침공으로
전우가 모두 죽은 마지막 순간

진무성에게 찾아온 기연, 만년음양천지과
상서로운 열매는 그에게 죽지 않는 육체를 주었고

"두 번 말하지 않는다, 괜한 목숨 버리지 마라."

압도적인 내공과 신기에 다다른 창술로
정의를 부르짖는
진무성의 행보가 중원을 관통한다!

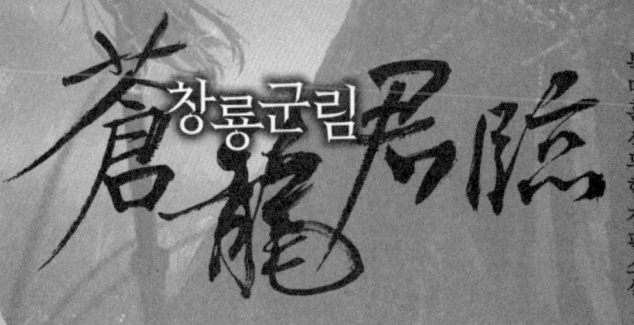

蒼龍君臨 창룡군림

북미혼 신무협 장편소설

환상이 숨쉬는 공간 파피루스 blog.naver.com/gnpdl7

한빛누리 판타지 장편소설

신화로 초월하는 대마도사

카일 그레이브
인류 유일의 신화 경지의 대마도사

하지만 세계포식자, 요르문간드와의 전쟁에서 패배하고 말았다

"……이제 방법은 하나뿐이군."

시간 회귀
모든 비극을 없던 것으로 만들고, 세계를 구할 기회

"이번에는 신화를 초월한다."

이번에야말로 신화조차 초월하여 범접할 수 없는 존재로 우뚝 서리라